为了人与书的相遇

Eduardo Galeano
José Francisco Borges

LAS PALABRAS ANDANTES

行走的话语

[乌拉圭] 爱德华多·加莱亚诺 著 [巴西] 何塞·博尔赫斯 版画
张方正 译

广西师范大学出版社
·桂林·

图书在版编目(CIP)数据

行走的话语 / (乌拉圭) 爱德华多 · 加莱亚诺著 ;
张方正译 . — 桂林 : 广西师范大学出版社 , 2018.10
ISBN 978-7-5598-1061-8
Ⅰ . ①行… Ⅱ . ①爱… ②张… Ⅲ . ①文学 – 作品集
综合集 – 乌拉圭 – 现代 Ⅳ . ① I782.15

中国版本图书馆 CIP 数据核字 (2018) 第 149366 号

广西师范大学出版社出版发行
广西桂林市五里店路9号 邮政编码：541004
网址：www.bbtpress.com

出 版 人：张艺兵
责任编辑：黄平丽
特约编辑：莫嘉靖
装帧设计：彭振威

全国新华书店经销
发行热线：010-64284815
山东临沂新华印刷物流集团有限责任公司

开本：787mm × 1092mm 1/32
印张：9.25 字数：151千字 图片：199幅
2018年10月第1版 2018年10月第1次印刷
定价：49.80元

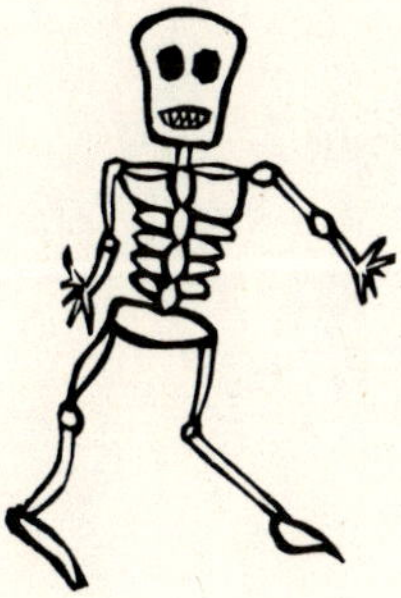

近看之下，没有人是正常的。

——［巴西］卡耶塔诺 · 费洛索[1]

1　卡耶塔诺 · 费洛索（1942—　　），巴西男歌手，主要作品有《鸽子歌》等。（本书注释若无特别说明，均为译者所加。）

献给海伦娜·比利亚格拉[1]

1 加莱亚诺的第三任妻子。

作者想要感谢 Pepe Barrientos、Susana Iglesias、Iván Kmaid、Mariana Mactas、Eric Nepomuceno、Mercedes Ramírez，他们耐心读完本书原稿，给出了自己的建议。

目 录

窗口：本书

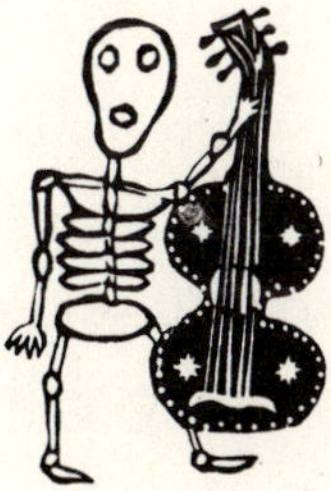

一张修补过的桌子，一些陈旧的铅活字或木活字，一台可能被古腾堡[1]用过的印刷机：这里是何塞·弗朗西斯科·博尔赫斯的工作室，位于巴西东北深处的贝泽罗斯镇。

屋里散发着墨水和木头的气味。木板堆在高处，只等博尔赫斯下刀；刚印好的图案才从印版上揭下，晾在电线上。博

1 约翰·古腾堡（1400—1468），德国发明家，欧洲发明活字印刷术第一人。

尔赫斯看着我，一言不发，露出一张木板刻成的脸庞。

在电视已经相当普及的年代，作为绳子文学[1]的艺术家，博尔赫斯依旧延续着这项古老的传统。他在面积非常有限的小册子上讲故事，讲传说：他撰写文字，刻版，印刷，用肩膀挨个村镇扛到集市，边兜售，边用祷文吟唱世人和鬼魂的功绩。

我来到他的工作室，邀请他与我合作。我向他介绍我的计划：他的图画和他的雕刻艺术，配上我的文字。他默不作声。我不停地说，不停地解释；而他，没有回应。

就这样过了好一会，直到我突然意识到：我说的话里没有音乐，我在吹奏已经断裂的笛子。还未出生的东西无从解释，也不能被理解。它只能被感受，只能在行进的过程中被摸索。于是，我不再解释，开始给他讲故事。我讲那些我想要记录下来的幽灵传说和欢乐故事，讲那些我在行走中搜寻的或清醒梦境里听见的声音，讲疯狂的现实，讲现实的疯狂，讲我遇见的行走的话语——或者说，正是因为这些行走的话语，我，才被遇见。

我给他讲了这些故事，这本书便诞生了。

---

1 一种印有小说、诗歌、歌曲等内容，在街边小摊上出售的便宜小册子，因被固定在一条条绳子上出售而得名。

故事：七桩奇事

在亚马逊河入海口和万圣湾[1]之间，从未出现过这么不简单的女人，也从没看到过比他更神奇的男人。

为了得到玛利亚的喜爱，何塞做出七桩奇事。

玛利亚的父亲说：“他就是个饿鬼。”

于是，何塞没有动手，就在空中铺开一张带花边的桌布，命令道：“铺桌，上菜。”

桌布悬浮在空中，没有任何人帮忙，许多热气腾腾的菜肴就摆了上来。这餐丰盛的

1　位于巴西东海岸城市萨尔瓦多附近，大西洋防护港湾。

酒宴让众人一饱口福，欣喜不已。

但是，玛利亚却颗粒未进。

村里有位地主老爷，非常有钱，他说：“他就是个屎一样的穷光蛋。”

于是，何塞唤来他的山羊。山羊不知从哪儿跳着冒了出来，他命令道：“拉吧，山羊。”

随后，山羊居然拉出了金子，无穷无尽的金子填满了所有人的手。

但是，玛利亚转过身去，丝毫不理会金子的光芒。

玛利亚的未婚夫是名渔夫，他说：“关于捕鱼，他可什么都不懂。”

于是，何塞在岸边吹风。风力之大，完全不像出自他自己的肺腔，他命令道：“干涸吧，大海。”

海水退去，露出满是鱼儿的沙滩，鱼儿塞

满了人们的篮子。

但是，玛利亚却捏紧鼻子。

玛利亚的亡夫是火焰之魂，他说："我要把他烧成炭。"

熊熊火焰从四面八方攻击何塞。

此时，何塞命令道，可发出的声音并不是他自己的："把我冷却吧，火焰。"

随即，他竟在火堆里沐浴了一番，所有人看得眼珠都快掉了。

但是，玛利亚却闭上双眼。

村里的神父说："他该下地狱。"

他还公开指责何塞精于妖术，与魔鬼勾结。

于是，何塞抓住神父的脖子，命令道："变长吧，我的胳膊。"

紧接着，何塞的胳膊已不是原来的样子，抓起神父，直接把他带到了天地间最为灼热的深渊。所有人都看得目瞪口呆。

但是，玛利亚却害怕得大叫起来。一瞬间的工夫，那只无限长的胳膊又把焦透的神父带了回来。

警察说："他该进监狱。"

于是他手拿木棍，冲向何塞。

何塞命令道："打他吧，木棍。"

木棍开始使劲打警察。警察被自己带来的武器追着落荒而逃，消失在视线外。所有人都笑了，包括玛利亚。

玛利亚送给何塞一片芫荽叶和一朵白玫瑰。

法官说："他理应处死。"

根据判决，何塞犯下数种罪名，包括不守法纪、侵犯父亲对女儿的所有权、侵犯死者对遗孀的所有权、危害公共秩序、攻击政府当局和企图杀害神职人员。

何塞的手脚被绑住，刽子手把斧头架在他的脖子上。

于是，何塞命令道："顶住啊，脖子。"

斧头落下，却在坚硬的脖子上砸了个粉碎。

所有人开始欢庆，庆祝人类法则蒙羞，也庆祝神圣法则受挫。

玛利亚给何塞送上一块奶酪和一朵红玫瑰。而何塞呢，这位内心显露无遗的胜利者、被征服了的征服者，双膝不住地颤抖起来。

窗口：话语（一）

讲故事、唱故事的人，唯有在落雪的时候，才能把故事讲出来、唱出来。传统就是这么要求的。北美的印第安人对此非常注重。据他们说，听到故事的时候，植物不再忙着生长，鸟儿会忘记给孩子们啄食。

故事：罪女宫里的正义女使者和大天使[1]

作者先生：

我写此信，并不是为了向您表达仰慕之情，而是想对您稀缺的灵感和难以远行的想象力，表示深深的同情。您的散文太过正确，了无惊喜，从这些文字里，读者能读到的仅限于文字本身。

大众往往看不见您的天赋，若您只是把它藏在了什么地方，那这封信便是一个良机，好让您闪耀一番。相信我，您无须是个天才，只要用我奉上的所有配料，就能烹调出绝好的故事。想必您要问：为什么是我而不是别人？

首先，因为有人告诉了我您

1　又称总领天使，来源于希腊语，意为“主要的信使”。

的地址。其次，真正值得的作家如今长眠在地下几米深的地方，邮递员可无法到达。

我们先来看看故事发生的地点：科马亚瓜[1]妓院，位于山丘顶上一座高可触星辰的白塔里。妓院下面是座教堂。镇上所有人都会去教堂做弥撒和参加宗教游行，其中，半数的人会去妓院。科马亚瓜就是这样走过每日每夜，乏味得哈欠连连。

当时一名游客总结了那些正经女人的说法，我把它抄写给您，也许有用：

> 拉美独立了以后，贴身舞蹈盛行，这个地方就开始堕落了。西班牙人统治时，人们跳舞从不有什么接触，松松垮垮，比如法国的小步舞[2]、阿拉贡地区的霍塔舞[3]……

---

1 科马亚瓜（Comayagua），洪都拉斯省级行政区，位于该国中西部。

2 17 世纪欧洲流行的宫廷舞，源于法国西部布列塔尼地区的农民舞蹈布朗尔，基本的步法是朴实无华的小步。

3 霍塔舞（Jota），西班牙舞曲，发源于西班牙东北部的阿拉贡地区，快速，三拍子。

妓院的所有者是堂·伊弟利奥[1]·加洛[2]。女孩们不分昼夜地工作，分秒不休。堂·伊弟利奥就这样压榨她们的青春。她们一旦被榨干，失去利用价值，就会被赶到大街上。作者先生，您惯于说教，众所周知，但我恳求您在这点上不要过多展开，好让卡拉米蒂[3]·简尽早登场。不过说到底，虽然堂·伊弟利奥的姑娘们受到的待遇没法满足她们的所有期望，但也不至于那么差——在这座破败的城市里，还有其他人像呱呱叫的井底之蛙那样，悲惨地生活着。

卡拉米蒂·简到达的时候，身上带伤，倒在她的马儿撒旦的背上。她来自美国旧西部[4]，来时，一路上回荡着阿帕切人[5]的鼓声。她的钻戒在岩壁上反射出光亮，指引她穿过三个国家的高山，可惜，这枚钻戒在第一夜就丢了。除了钻戒，她还有一颗久负盛名的慈母之心，但她杀人下手之狠，也是远近闻名，她还带着动不动就扣发的手枪、一根从不落空的套

1 伊弟利奥（Idilio），西班牙语里意为“情话”。
2 加洛（Gallo），西班牙语里意为“公鸡”。
3 卡拉米蒂（Clamity），在英语里意为“厄运”。
4 拓荒前的美国西部，指 19 世纪美国向太平洋拓展疆域时期的历史。
5 阿帕切人（Apache），指原美国西部和墨西哥北部的土著居民。

索和标记过的扑克牌。

妓院的姑娘们瞒着堂·伊弟利奥收留了她。她睡了整整一周，醒来的时候，与他正面相对。

“帽子。”她说。

堂·伊弟利奥可不是什么彬彬有礼之人，这时竟戴了顶斯泰森牌[1]的宽边帽，一直盖到眉毛，把头藏了起来。卡拉米蒂·简取下柯尔特[2]枪的枪套，一颗子弹迅速击飞那顶帽子。

连续的枪击让帽子在空中翻飞，落地时俨然成了个滤网，堂·伊弟利奥发出一声呻吟，卡拉米蒂·简吹了吹枪口冒出的烟。

“就因为这样，我才没有待在拉皮德城，”她说，“在那个鬼地方，人们只会互相残杀。”[3]

您是不是觉得，提到柯尔特和斯泰森这样的牌子，纯属多此一举？这我并不意外。但是专业的作家应当明白，一段逼真的故事往往是由这些看来不起眼的细节构建而成的。说到这里，我也顺便提醒一下，您得记住，卡拉米蒂·简用的

1　斯泰森（Stetson），美国知名帽子品牌。

2　柯尔特（Colt），美国轻武器制造公司，由著名手枪发明家塞缪尔·柯尔特建立。

3　拉皮德城（Rapid City），美国南达科他州西南部城市。

是斯普林菲尔德[1]的来福枪，而非那些无知者说的温彻斯特[2]步枪。

我们继续说故事。他们打起了扑克，赌注越堆越高，酒瓶里的牙买加甘蔗酒越喝越少，最终，堂·伊弟利奥输了妓院和其他所有财产。这位爱发号施令、冷酷无情的男人，眼睛都不眨一下，就接受了这场惨败。他们加洛家族是守卫世家，相信宿命论，地震的时候什么也不做，只会坐等房屋倒塌。卡拉米蒂·简给了他一封写给“水牛比尔”马戏团的推荐信。

1 斯普林菲尔德（Springfield），美国兵工厂，也译为“春田兵工厂”，曾经是美国政府主要的国营轻兵器生产和研发中心，关闭于1964年。

2 温彻斯特（Winchester），美国武器公司，著名产品为温彻斯特M1887。

堂·伊弟利奥口袋里没装别的东西，就坐船去了巴黎。到了巴黎后，他在马戏团里插满羽毛，穿红色兽皮，变装成酋长的模样，摆出造型供游客拍照。最终，他因肺炎去世。

这家妓院，过去曾阴冷得像座医院，严酷如同军营，但自堂·伊弟利奥离开后，这里五彩缤纷，满是鸟语花香，悠扬的吉他声声响。日落日出之间，妓女们张开双腿，开始整晚的工作；而白天里，她们打开耳朵，直至祷告钟声[1]响起。这个想法来源于实践经验。妓女们深知，光着身子的男人往往都很脆弱，就像在内心深处遭遇了一场海难，孤独无依，祈求心灵的庇护。于是，白天的妓院变身为忏悔室。此举大获成功，妓院每天门庭若市，连敌城特古西加尔巴[2]和其他地方的男人都纷纷赶来。山坡上排满长队，大家都轮候走进忏悔室，诉说自己的困惑、秘密和藏在心底的恐惧，谈谈梦想和梦魇。对此，底下的教堂根本没有竞争力，您也知道，神父们只会倾听人们对自身罪孽的忏悔，而罪孽，往往是人们忏悔清单上的最后一条。

与此同时，卡拉米蒂·简还忙着跟哥比埃诺[3]先生处理各

1 教堂祷告的第一下钟声一般在清晨六点敲响。

2 特古西加尔巴（Tegucigalpa），洪都拉斯首都，意为“银色的山”。

3 哥比埃诺（Gobierno），西班牙语里意为“政府”。

种文书材料。从来只穿裤子的她，竟也穿起了衬裙。她在裙子底下的腰带下藏了把柯林斯刺刀，往内衣里装满了钱。

卡拉米蒂·简给哥比埃诺先生塞了一把还热乎的纸币。“装信封里。”他要求道。随后，一项法令颁布，声称该妓院不以盈利为目的，故免去其各类税收，同时，在全国范围内禁止新的拉皮条买卖。

那年，妓院的生意好疯了，这时，大天使来了。传说，每个大斋期的星期五，这座罪女宫都会闭门谢客。传言，拿撒勒人耶稣会被修女们扛在肩上，走过各各他[1]街，当耶稣受难的颂歌和苦路[2]的祷告声袅袅远去，一名无头骑士会从黑夜深处策马飞奔而来。那匹马会踹开妓院大门，发出恐怖的嘶叫，把门砸破，然后消失在硫磺浓雾和暴风雨的漩涡中。据说这个时候，会有一位迷途羔羊萌生悔意，哭着放弃这份淫业，开始老实地生活。

就在那年，某个星期五，无头骑士跟往年一样，怒气冲冲地赶来。但是这次，妓院大门完全敞开着。那匹黑马穿过妓院，消失在远处；而骑士跌落在地，碰到蒂凡尼[3]的灯，撞

1 各各他（Calvario），天主教典籍译为哥耳哥达，意为“髑髅地”。多年来，“各各他”这个名称和十字架，一直是耶稣基督被害、受难的标志。

2 指天主教的一种模仿耶稣被钉上十字架过程的宗教活动，也称之为“拜苦路”。

3 蒂凡尼（Tiffany），美国著名灯具样式，特色为玻璃拼接灯罩。

在了墙上。他在女人的怀里醒来。

“喂，夫人。”他挣脱道。

“请叫小姐。”卡拉米蒂·简纠正了他的叫法。

这位骑士就是大天使，一位年岁已高的侏儒，红色的鼻子，孩童的嗓音。上帝把他变成残疾魔鬼的样子，这样，放荡的女人看到他便会心生恐惧。

那夜电闪雷鸣，风雨交加。黎明时，世界前所未有般明亮。清晨时分，大天使正浸泡在装满木瓜牛奶的浴盆里。这个可怜的家伙从天上下来的时候，绑在身上的绳子断了，摔伤了屁股。旁边坐着卡拉米蒂·简，她张着嘴，任他怎么摆布都行。大天使用蜂蜜和桂皮，清洗她那根不知说过多少恶毒话的“脏舌头”。

不过先生，我拜托您千万别问我这个故事是否真的发生过。我现在给您提供这个素材，就是想让您把它变成真实的东西。我不是让您描述大天使到来那晚的大雨：我要您直接用一场大雨把我淋湿。作者先生，做个决定吧，您至少尝试一次，让您自己成为芳香扑鼻的花朵，而非只是花香的描述者。写那些活着的东西没多大乐趣，难就难在，让你我都活在您写的东西之中；您这个岁数，该慢慢明白这些事情了。

继续说故事。您应该知道，在我们可以看到的肖像上，大天使是没有性别的，但他们有肚子，有食欲。亚当因为一颗普普通通的苹果就屈服了，大天使又怎么可能不举手投降呢？妓院给他奉上了果园里的美味：金黄的芒果肉、西番莲果的醉人香气、菠萝的新鲜模样、刺果番荔枝和鳄梨的清爽口感。

所有人都知道，大天使也有灵魂；灵魂需要忏悔，哪怕没有罪责。卡拉米蒂·简说着美国旧西部种种不好，而大天使抱怨天堂。他们白天享用巧克力，晚上有甘蔗酒相伴。卡拉米蒂·简说，如果她同时拥有怀俄明州[1]和地狱，那她会把怀俄明州租出去，自己生活在地狱里；大天使说，他一直以来都在侍奉天堂之主，干最重最累的活，但忘恩负义的天堂之主却把他派到人间，去拯救妓女和醉汉。卡拉米蒂·简讲述关于卡斯特将军[2]和狂野比尔警长[3]坎坷惊险的秘闻，而大天使则发泄自己对上帝身边谋士的不满。聊着聊着，他们发现，其实他们都孤独地度过了之前的人生，却不自知。

---

1 怀俄明州（Wyoming），美国西部的州名，是全美国人口最少的一州，也是印第安人比例最高的州。

2 卡斯特将军（Custer），美国军官，曾任第七骑兵团团长，以骁勇闻名，著有自传《我的平原生涯》。

3 狂野比尔警长（Wild Bill Hickok），美国探险家、赌徒、刺客和警官。

有几个下午，大天使躺在婴儿车里，卡拉米蒂·简推着他在科马亚瓜的街道上闲逛。他们非常平静，不受怨恨和妒忌这些坏情绪的影响。当然，流言蜚语可不会放过两人，反帝国主义者、无神论者，以及美德和优良传统的捍卫人，纷纷口吐谗言；也少不了有人会持怀疑态度，互碰着手肘，窃窃私语：卡拉米蒂·简怎么一点英语都不懂？这个大天使没有翅膀，也没有火剑，一点拉丁语都不懂，究竟是哪个级别的大天使？为什么他们俩只用这儿的口音谈话？

我不知道这是否真的发生过：我只知道它值得发生。

至于其他，就没那么重要了。时间已经抹去所有痕迹。可以想象，大天使过得相当不错，轻松的生活比救赎的任务要有趣得多；但可以猜测，卡拉米蒂·简渐渐对一切心生倦意。那座宫殿的墙上挂满镜子，把她暴露无遗，她找不到任何藏身之处来掩饰自己的年岁。此时妓院空前繁盛，连国家交响乐团都在这里演奏到天明。一晚，卡拉米蒂·简裸着身子，披了件红色薄纱，跳起肚脐舞，但是观众却在一旁哈哈大笑。她只能强忍着眼中的泪水。第二天，她不辞而别，也没有人看见。她的马儿撒旦跪下来，好让她上去。她没有回北方，没有回到原来的地方，而是沿着命运的轨迹一路南下。黎明或者黄昏时分，肯定有人听到过马的蹄声和嘶叫声。她自己也不停吹着口哨。是为了给自己找个伴，还是为了鼓鼓气？原因由您挑吧。

那大天使呢？是被卡拉米蒂·简抱在怀里，一同南下了？还是回到了天上，或试图回到天上？还是说，他最终变成了一个男人，变成了新的伊弟利奥·加洛？这些问题您也别费心问了，在科马亚瓜，在这个世界的任何地方，没人知道该如何回答。作者先生，您这个耍笔杆的家伙，我很抱歉，您没别的办法了，开始创作吧。

此致，

（字迹模糊的签名）

窗口：话语（二）

在海地，白天不能讲故事。谁这么做的话，会招来不幸：山上会扔下一块石头砸到他的脑袋上，他的母亲只能用四肢爬行。

故事要在晚上讲，因为神圣之物是活在夜幕下的。而且，会讲故事的人在说故事的时候，知道事物的名字就是名字本身命名的东西。

窗口：话语（三）

在瓜拉尼语[1]里，“ñe'e”指“话语”，也指“灵魂”。

瓜拉尼的印第安人认为，欺瞒话语或挥霍话语的人，都是灵魂的背叛者。

---

1 南美巴拉圭主要居民瓜拉尼人使用的语言。

故事：爱吃妻子的蜥蜴

河边的绒毛草丛中躲着一位正在看书的女人。书上说，从前有位权横遍野的先生，万物都属于他：卢卡纳玛尔卡镇[1]及其周边的一切，家禽和野兽，顺民和叛徒，所有的东西——丈量过的土地和未开垦的荒漠，干裂的和湿润的，有记忆的和被遗忘的。

可是，这位万物之主却没有继承人。每个白天，他的妻子诵经千遍，祈求上天开恩，赐予子嗣；每个夜晚，她都点亮千根蜡烛。

上帝对这烦人的女人已心生厌倦，觉得她总求些他并不想给的东西。最后，可能是因为不想再听到她的祈求，或者仅仅是神的同情心驱使，奇迹出现了，喜悦降临到这个家庭。

孩子长着人类的脸，有着蜥蜴的身。

---

1 卢卡纳玛尔卡镇（Lucanamarca），秘鲁万卡桑克斯省内地名。

一段时间后，孩子开口说话了，可走路的时候依然拖着肚子。阿亚库乔市[1]最好的老师们教他念书，但是他的爪子却没法写字。

十八岁的时候，他要女人。

富有的父亲给他找来了一位，并在神父家中举行一场奢华无比的婚礼。

第一夜，蜥蜴就扑到妻子身上，把她吞食掉。晨曦微露的时候，婚床上只剩一位熟睡的鳏夫，周围都是些细小的尸骨。

不久，蜥蜴要求再来一个女人。于是，又办了一场婚礼，开始新一轮的吞食。随后，这个贪吃鬼再要一个，反复如此。

新娘总是不缺的，穷人家里总有个多余的女儿。

杜勒西迪奥正在睡午觉，河水轻抚过他的肚皮。

他睁开一只眼，就看到了她。她正看书。他从未看到过戴眼镜的女人。

杜勒西迪奥把鼻子凑过去：“你

1　阿亚库乔市（Ayacucho），秘鲁城市。

在读什么？”

她放下书，并不惊异地看着他：“传说。”

“传说？”

“古老的声音。”

“有什么用呢？”

她耸耸肩。“陪伴。”她说。

这个女人不像从山区来，也不像从森林来，更不像从海边来。

“我也会读书。”杜勒西迪奥说。

她合上书，转过脸。

当杜勒西迪奥问她是谁、从何处来的时候，女人消失了。

到了下个周日，杜勒西迪奥午觉醒来，她还在那里。没捧书，但依然戴着眼镜。

她坐在细沙上，双脚藏在彩色裙子里，她就在那儿，一如既往，看着那位在阳光下拖着肚子的闯入者。

杜勒西迪奥让万物归位。他抬起一根指甲很长的爪子，沿着蓝色山脉的地平线指点：“凡是目之所及、行之所至的地方，都是属于我的。”

她瞧都没瞧这广阔的王国，一声不吭，无比静默。

这位万物的继承者继续说，不管是小绵羊，还是土著人，都在他的掌控之中。他是每一里土地、每一条河水和每一寸空气的主人，当然，也是她坐的那块沙地的主人。

“我准你坐这。”他表示同意。

她甩了甩黑色长辫，就像听到雨声那样。蜥蜴澄清说，他虽然富有，但是也很谦卑，勤奋好学，是个特别想要组建家庭的男人，可是残忍的命运却甘愿他做一名鳏夫。

她侧过头，思考起这一奥秘。

杜勒西迪奥犹豫地小声说：“我可以请你帮个忙吗？”

他侧过一小边，露出背。

“帮我挠挠背，”他哀求，“我够不到。”

她伸出手，轻触起他钢铁般的背甲，夸奖起来：“你的背就像丝绸一样。”

杜勒西迪奥摇晃起身体，闭上眼睛，张开嘴巴，抬起尾巴，感受着从未有过的感觉。

但是当他转过头的时候，她已经不在那里了。

他沿着绒毛草丛全速爬行，往前，往后，四处寻找，可是没有任何踪影。

下个周日，她没有来河边；再下个周日也没来；再之后，也没来。

自从遇见她，他的眼里只有她。

瞌睡虫不再瞌睡，贪吃鬼不再贪吃，杜勒西迪奥的卧室

再也不是在亡妻庇佑下休憩的欢乐圣殿。虽然她们的照片依然在那里，从上到下挂满了墙壁，心形相框外还挂着橙色的花环。注定孤独的杜勒西迪奥埋在被褥里，深陷于悲伤中。医生和江湖郎中都从远处赶来，可在高烧肆虐和身体全面崩溃面前，他们都无能为力。

杜勒西迪奥把从过路土耳其人那儿买来的收音机挂在身上，一边叹气，一边听着过时的旋律，悲痛地熬过日日夜夜。他的父母绝望地看着他日渐凋零。他再也不像过去那样渴望女人。

“我饿，”他哀叹，“我就是个爱情的乞丐。”

他声音沙哑，还带押韵（不是什么好兆头），低声地，向夺去他安宁和灵魂的女人表达垂死的敬意。

所有仆从都出动去寻找她。他们翻遍天地，即使并不知道这位人间蒸发了的女子叫什么名字。没人在这里的山谷看到过那位戴眼镜的女人，别的地方也没有。

某个周日下午，杜勒西迪奥心血来潮。他几乎没法起身，但还是拖着身体，艰难地来到了河岸边。

她就在那里。

杜勒西迪奥泪流满面，向这位行踪飘忽的冷漠女子表达爱意，祖露说“若没尝到你嘴里的蜜，我就要干渴而死”，声称“我甚至不值得被你遗忘，安静的你让我疯狂”。最终，他用甜言蜜语征服了她。

婚礼当天，所有人都心存感激，因为村上已经好久没有聚会了，这么说来，杜勒西迪奥是唯一结婚的那个人。对待如此特殊的宾客，神父也格外重视。

五弦琴绕着这对新人转，竖琴和小提琴演奏出壮丽的旋律。人们为这对幸福的新人举杯，愿两人的爱情永恒，甜酒在花枝下汇成河流。

杜勒西迪奥脊背上换了层新皮肤，前所未有的红润，而他奇怪的尾巴则是蓝绿色。

最后，只剩他们俩独处时，真相的时刻来临，他请求：“我把心给你，踩吧别怜悯。”

她把蜡烛吹熄，脱去镶了花边的蓬松礼服，缓慢摘下眼镜，对他说：“磨磨唧唧干什么！别说蠢话！”

她猛地一拉，掏出他的身体，把他的外皮扔到地上。她拥抱赤裸的他，燃烧他。

过了一会，杜勒西迪奥沉沉入睡，他蜷缩着，紧靠在这个女人身上，做了人生中的第一个梦。

他一睡着，她就开吃了。她一小口一小口地吞咽，从尾巴到脑袋，既不发出什么声响，也不用力咀嚼。她非常当心，生怕把他弄醒，给他带走个坏印象。

窗口：时节

在卡哈马卡市[1]，一月是编织的时节。

二月，娇美的花朵开始绽放，形成一条条彩色绸带。河水叮咚作响，人们盛情狂欢。

三月，奶牛产仔，土豆收成。

四月，静默时节，玉米粒悄然生长。

五月，收获。

六月的旱日里，田地翻新。

七月，有节日，有婚礼，犁沟间探出魔鬼之刺蒺藜。

八月，天空泛红，是起风和瘟疫的时节。

九月，在满月而非新月那天播种。

十月，向上帝祈求落雨。

十一月，亡灵主事。

十二月，生命欢庆。

1　卡哈马卡市（Cajamarca），秘鲁北部重要城市。

窗口：前夕

玉米叶垂头丧气，
桑葚树突然开花，
田鸫不停歌唱，
母鸡张着翅膀，咯咯私语，
癞蛤蟆往上跳而不是往下，
小猪跳舞，
蜗牛缩进壳里，
蛇爬出洞来，
猫头鹰现身，
燕子盘旋飞翔，
秃鹫排列成行，
天鹅从海上跃起，
佩拉盖托斯山和坦塔利卡山[1]戴上云帽。

据那些了解时节因果的人说，这些都预示着卡哈马卡的雨季即将来临。

---

1 佩拉盖托斯山（Pelagatos）和坦塔利卡山（Tentarica）均为秘鲁境内山脉。

故事：荒漠大盗惨遇后悔诗人

他是名幸存者。

菲尔米诺，熟谙抢盗之术，正向伯南布哥州[1]的荒漠潜逃。在一场悬崖底的伏击中，军队的子弹要了他妻子和所有朋友的命；就像身上极为重要的部分被人剥去一样，他只得在凄怆孤寂中行走，悲伤不已。

那晚，荒漠迎来一场前所未有的大雨，闪电照耀出几具骷髅，他们身穿制服，头戴军帽，在空中怒吼。多年前那场

1 伯南布哥州（Pernambuco），位于巴西东北部沿海。

暴行的遇难者前来向菲尔米诺索命。他们在尘缘未尽的时候就被带离世间，菲尔米诺欠他们的，这次他们要拿回来。可怕的尖叫声昭示了他们的复仇之心。

面对暴风雨中耸立的骷髅，菲尔米诺用刺刀和手枪攻击。

最终，大雨骤然停止，就像它突然开始那样。所有沾湿大地的雨水顷刻蒸发，死者重新安眠于干旱的地下。

菲尔米诺，王国里最大的坏蛋，得以继续潜逃。

长路跋涉之后，当他剪断灌木枝，想要生火的时候，灌木淌血了。

菲尔米诺明白这意味着什么，但仍继续赶路。

诗人萨比诺吟唱道，迷失的会被找到，地上冒出的星星会比天上的更夺目，哑巴会成为播报员，如今只有无医院可容身的病人，但之后会有无病人可治疗的医院。

诗人萨比诺是名民歌手，在遥远的海岸村镇集市上，吟唱着红色奶牛的预言。奶牛夜夜在他的梦里飞翔，预言说荒漠会变成海洋，乱石滩上会萌发出绿色的生机，明白人知道长生不死真的存在，每天都会是周日。

他这样唱着，直到累了才停下。对于边唱边等待的生活，诗人萨比诺疲倦了。他后悔在石头炼狱虚度时日，混迹于穷人和病人间。他发现事物之所以如此，是因为上帝想让它们如此，所以向来、将来皆是如此。他把夜里对他胡说八道的疯牛赶走。他投靠政府。他的木剑不再用来与忧郁之蛇搏斗，而用于惩罚那些危害秩序的敌人。

菲尔米诺继续前行，朝着伯南布哥州的荒漠，或者说，他的双腿能走到哪儿，他就去哪儿。

一天上午，他在某个村落附近被一阵脚步声吵醒。菲尔米诺立刻蹲伏，拔出刀。但当他看到萨比诺，一位身穿西装、打着领带的年轻人大汗淋漓地站在荆棘丛中时，这位大盗满不在乎地抽起烟来。

诗人开始介绍自己，说自己叫萨比诺，是一名游唱诗人，前来为菲尔米诺效劳。诗人还说，他一直以来都梦想能见识荒漠里最残忍的灾星，认识邪恶之王，而今天命运就给了他这样的惊喜，尽管这份惊喜他完全不配得到，但对他而言，意义非凡……

菲尔米诺装上根烟，勉强地、怠惰地点燃了它。

“荣幸之至。”萨比诺边咽口水，边小声说。

除了几只苍蝇，那儿再没别的听众。

大盗冲着空气吐出几个烟圈，打量起这位悉心打扮的博学之人，想怎么不费吹灰之力把他干掉。

而萨比诺正低着头，数着蚂蚁。突然，他拔出武器。

他手上的木剑在颤抖，声音更是抖得厉害：“我能不能请您帮个小忙？”随即叹了口气。

他拿一块头巾包住额头和双眼，大声却结巴地说出他的诉求：“您能不能让我……砍掉您的头？”

菲尔米诺放声大笑。上次这么笑，已经是很久以前的事了。他一直笑，直到其间攒起来的笑都用尽了，才止住。然后，他咳嗽了起来。

随后，他伸长脖子，说：“动手吧，博士。”

诗人萨比诺两只手抓紧木剑，以灵魂和生命坚定自己的信念。

大盗菲尔米诺站起身，轻抚着脖子。诗人眨了眨眼，像兔子般那样哀鸣，最终恳求道：“您快说不。”

大盗满足了他的要求。为什么不说呢？这换谁可都不会拒绝。于是，来自东北的恐怖恶魔说：

“不。”

可是诗人却嘀咕说：“您说不……用头来说。”

于是，当大盗摇头说不的时候，他的头脱落掉下，在地上翻滚。

文明战胜野蛮的事迹被争相报道，成了各大媒体的头条，既有当地的、区域的和国家的，还有大洲的和世界的。萨比诺拿到赏金，在伦敦 BBC 直播的公开仪式上，将这笔钱捐给慈善事业。描述他功绩的书被译成英语、法语、德语和世界语，诗人萨比诺还被选为《时代周刊》的年度人物。

菲尔米诺的整个灵魂升上天堂。

在世间，他的尸体分成两部分。身体被扔到了秃鹫群里，头颅则交给了科学家。最终，他的头颅被制成木乃伊，在康卡塞伊罗[1]博物馆的玻璃橱窗内展出。在这之前，科学家们证实，菲尔米诺是优于外胚层型[2]的哺乳动物，属于巴西黄种人。他们的研究还显示，他患有精神分裂，证据是他头颅上的一些突起，这种特质也见于山间或隐秘国度里的冷血杀手。这家伙之所以走上犯罪道路，还取决于他的一只耳朵比另一只短了九毫米，以及他那尖顶脑袋、过大口腔，嘴里面那长长的尖牙在他死后仍在咀嚼。

菲尔米诺上天堂，是因为他的女人在那儿，也因为有人告诉他，那上面有个地方专门留给在战争这门高贵艺术中牺

---

1 康卡塞伊罗（Cangaceiro），指 19 世纪末 20 世纪初在巴西东北部活跃的土匪，很多都是农民。

2 外胚层型，此类人神经系统较为发达，但身体瘦弱。

牲的骑士。

他是没有马的骑士。他沿着荣耀大道，徒步走到天上，用步枪作手杖，腰间配一把银刀，身着盛装，缓慢前行。菲尔米诺浑身散发着香味，抹着闪亮的发蜡，胸前闪耀着发光子弹制成的大十字架，拿破仑帽上缀有奖章、英镑和其他饰物，每根手指上都戴着一枚耀眼的戒指。往上走了很久后，菲尔米诺终于来到天堂门口，但是圣伯多禄[1]没有为他开门。

上帝亲自下令禁止他进入，这位最高造物主没法在天使、大天使和圣人的一致呼声面前装聋作哑。菲尔米诺的女人误入天堂后，跟所有人都睡过。她可是永恒生命里唯一燃烧的火焰，只有当她有了爱意、跳起舞时，肚脐迸发出火苗，天国静境中那永恒的枯燥乏味才会被打破。

因此，圣伯多禄没有为他开门。菲尔米诺没有哀求，甚至什么都没说。他只是平静地待在那里，等待着。

很长时间过去了，菲尔米诺依然在等待，手里拿着帽子，在天堂的门槛跟前挺立。

路西法[2]在地下深处忧心地观察着局势。他看到菲尔米诺朝地狱方向走来的时候，嘟哝说：“我总是轮到最坏的。”

---

1 圣伯多禄（San Pedro），天主教中耶稣的重要门徒之一。基督教称之为“圣彼得”。

2 路西法（Lucifer），原意为黎明天使，后因文字受到误读，重译为魔鬼或撒旦，成为地狱中的魔王。

窗口：所是和所做

熨衣女的皮肤光滑。
修破伞的人身形修长削尖。
卖鸡仔的妇人就像一只拔去羽毛的鸡仔。
法官的眼里恶人昭昭。
放高利贷的家伙眼皮间有两种货币。
钟表匠的胡子标记时刻。
女公务员的双手长着按键。
监狱守卫有张囚犯的脸，精神病专家长着疯子的模样。
猎人变成他追捕过的动物。
时间把恋人变成孪生兄妹。
狗遛起遛狗的人。
受刑者折磨起施刑者的梦。
诗人逃离镜中的隐喻。

故事：使徒圣伯多禄在美洲

菲尔米诺靠在他的步枪上等待，义人们飞进天堂时，也没有向他打招呼。

“生活不该这样。”死去的菲尔米诺说。

菲尔米诺不会一直守在天堂边听他妻子的欢笑，而永远不与他人交谈。比起做个冰冷的圣像，荒漠老斗士值得更好的生活。地狱的名声不好，据说那是世界的另一个名字，可在那底下出入自由，还有家的温暖。

大盗下定决心，他准备头也不回地纵身一跃，跳向那折磨有罪之人的巨大油锅。可这时，奇迹发生了。

奇迹是：白色的栅栏微开，先探出白色的胡须，然后是一个秃顶的脑袋。圣伯多禄走出天堂，这位使徒正在寻找一个观看世间的好地方，天堂里可看不到这些。

上帝的这位守卫在坚实的空气上走了几步，弯下腰，吹开云朵，腰间露出一串硕大的钥匙。

菲尔米诺溜到他身后，用如丝般柔软的手指拿走钥匙环，打开大门，混入了义人们的王国。他刚进去，就把钥匙环扔

在了肩膀上。

圣伯多禄俯瞰着世间，毫无察觉。

这位使徒中的骄子，静观大地那发着光的身体在虚空里航行，边看边叹气。

他听见远方有个微小的声音在叫唤他；但是他很清楚，回到世间是严令禁止的。上帝不准这样的事发生，不允许加利利湖[1]的渔夫们回去，也不准他的儿子耶稣回去。因为他们在世间的时候，曾被棍棒赶走，被高大的十字架悬吊，被长矛刺伤，血流了一地。事情已经过去两千年，但上帝依然没有忘记。

圣伯多禄的目光穿过海洋，穿过沙漠，穿过山脉，最终停在安第斯山脉间一个不起眼的峡谷里。他穿透夜色，注视着倾巴瓦亚村[2]。

倾巴瓦亚的教堂里，大蜡烛的光影在摇晃。

神父本尼多[3]靠在祭台上，等待正在赶来的修女格劳利亚[4]。

神父本尼多身穿一件偷来的长袍，头上戴着不属于他的

---

1 加利利湖（Galilea），以色列河流名，耶稣大部分的职事发生在此湖边，还在那里呼召了他的四个使徒：渔夫圣伯多禄、兄弟圣安德肋、使徒若望和圣雅各伯。

2 倾巴瓦亚村（Chimpawaylla），秘鲁库斯科地名。

3 本尼多（Benito），名字来源于本笃会，天主教的一个隐修会，象征是十字架及耕地的犁。

4 格劳利亚（Gloria），西班牙语里意为“天堂，荣耀”。

金环。

出于气愤或者嫉妒，圣伯多禄的脸胀得通红，对于看到的场景，他咒骂、痛斥。

修女格劳利亚在村里的时间还很短，而神父本尼多则一直在此生活。他在这里度过了一生：在忏悔室里，他享受别人的罪孽；在布道台上，他吓唬印第安人，说上帝会用冰雹、干旱等手段来报复他们。

修女格劳利亚到了，她身上除了手指戴着的那个亡母的戒指，就没有别的行李了。

她母亲躺在床上弥留之时，把戒指塞到丈夫手里，用最后一口气说出了最后的愿望。格劳利亚的父亲发誓说，绝对不会跟别的女人睡觉，除非那个女人刚好可以戴上这枚戒指。

几天后，格劳利亚因为好奇或者贪玩，戴上了戒指，再也没能拿下来。

于是，格劳利亚从家里跑了出来，逃离宿命。后来，她成了一名修女。

才穿上修女服，她就被派到了倾巴瓦亚村。

她徒步走过一座座山，长途跋涉，在天亮时到达了村庄。可她的长衫上竟没有沾上一点点灰，脸上也没有一丝倦意。

基督的这位新婚妻子没敲几下门，插销的摩擦声就让本尼多从床上跳了起来。

本尼多打开门，看到了她：格劳利亚，受过惊吓的双眼，身上带着新雨过后空气的味道。

那天后，本尼多每晚都能梦见她。

修女格劳利亚扫地，刮墙，刷了再刷，与覆盖教堂几个世纪的污垢作斗争，如今，圣人们的衣服上又能闻到太阳的气息了。

格劳利亚多次为圣伯多禄像清洗，每次她都抱住他的双脚，跪在地上哭着祷告，哀求他让自己的污秽之手摆脱那颗惩罚之戒，获得解脱。

那天上午，本尼多通知她，使徒即将前来拜访："到了晚上，圣伯多禄会与你交谈。"

那一刻起，格劳利亚再也无法平静。她整天都在行走，想在外面寻些精神上的安宁。她快乐极了，对劝告充耳不闻。她不会听见柳树顶上轻轻发出巴嘎巴嘎的凶兆声，也不会听见湖上鸭子嘎嘎叫的警报声。

与此同时，本尼多脱下圣伯多禄的衣服，把他藏在阁楼上。而本尼多自己则穿上圣伯多禄的长袍，剃去头发，粘上羊毛做的白胡须。随后，他爬上祭台，在十字架右边静静等待。

夜幕降临。终于，上帝最美丽的女使者颤抖着走近，而圣伯多禄举起胳膊，开始说话。他的声音很轻柔，像是在说悄悄话："上帝老爷命令我睡到你身边，帮你取下戒指。"

格劳利亚昏了过去。

她感觉有手指在抚摸她的额头，穿过她的发丝，于是醒了过来。

白色头巾滑落在地。

“上帝希望我们赤身相待，不管是身体，还是灵魂。”圣伯多禄低声说。

“就按他说的做吧。”

就这样，公鸡深夜里还在啼叫。

而上面的那个圣伯多禄，还有远方的圣伯多禄，都闭上了双眼。

随后，他试着站起来，背部咯咯作响。他头昏脑胀，满嘴都是违禁的话。

这位使徒身子还弯着，他摸了摸疼痛的腰，才发现，天国的钥匙已经不在了。

窗口：墙

蒙特维多的一堵墙上写着：万事皆非徒劳，万物皆藏酒中。

同样在蒙特维多：处女有很多个圣诞节，却没有一个平安夜。

在布宜诺斯艾利斯：我好我，所以把饣吃了。

同样在布宜诺斯艾利斯：我们要振奋起来，即使这样会让我们灭亡！

在基多：我们知道所有答案的时候，问题往往就变了。

在墨西哥：给总统最低工资，让他了解人们的感受。

在利马：我们不想生存，我们想生活。

在哈瓦那：万物皆可起舞。

在里约热内卢：人要是害怕活着，就不会出生。

窗口：拉美悲剧新闻的标题

醋意冲昏头脑，某人把小家鸽变成血腥肉球

为了自杀，竟跳下8层楼

过度饮酒让他成了同性恋！

盲人艺术家遭窃的画作，是靠耳朵创作而成

他的胃里竟长了个双胞胎兄弟！

老人殒命电影院，去世时看着索菲亚的乳头

杀害亲生母亲，理由竟然是这个！

自家楼房压死自家人

窗口：肥皂剧

《生存的权利》[1] 是经久不衰的热门广播剧。这部半个世纪前的剧作，曾在拉美土地上引发过好几场严重的泪灾。

“那你为什么要让大家哭成这样？”人们问作者。

费利克斯·B·卡伊奈特[2] 自辩：“我没让任何人哭，我只是给了人们哭的借口。”

1 20世纪40年代古巴著名广播剧，后传播至墨西哥和委内瑞拉等地。

2 《生存的权利》作者。

故事：小儿从母爱及其他险境里逃生

乌斯帕纳帕河[1]上漂浮着一颗鸡蛋。

加利达[2]拍打水面，想要抓住它。但是她腰弯得太厉害，一头栽进了泥泞的河底。

她使劲蹬腿，浮出了水面，全身湿透，鸡蛋也不见了，水和怒气一起从她脸上的七个孔不断排出来。她爬上岸，不小心打到了树枝，刚才还在河上的鸡蛋，如今却在枝头上，落到了她的脚边。

加利达往鸡蛋上一坐。在她的温存下，鸡蛋破壳，安达西奥[3]大哭着出生了。

加利达像蛇一样吐出舌头，舔了舔嘴巴，特别满足地看

1 乌斯帕纳帕河（Uspanapa），墨西哥河流。

2 加利达（Caridad），西班牙语里意为“仁爱，慈善”。

3 安达西奥（Andancio），西班牙语里意为“流行病”。

着正在长大的孩子。“我的孩子，我的宝贝。”她不停地说。

安达西奥对她心存感激，因为她，他终于得以降生。可是加利达才出门，孩子就向老鼠吐露起自己的不安：“我的妈妈想要吃我。”

老鼠点了点头：“所有的妈妈都这样。”

在维拉克鲁斯市[1]一个闲言碎语的聚集地，加利达向女街坊们抱怨起来：“没办法，那个麻烦东西就是长不大，一个女人何苦要自我牺牲呢。”

加利达把食物都给了孩子，自己则饿得只能挖墙上的泥

1 维拉克鲁斯市（Veracruz），墨西哥东部沿海城市。

吃。每顿饭后，墙就越变越少，直到彻底消失。她还吃起家里所有的瓶瓶罐罐，除了那口大锅。

每晚，加利达运水生火。当锅里起雾的时候，她就撒下一小撮盐。然后，她凑到安达西奥睡觉的角落，说：“把手指拿出来。”

安达西奥把老鼠的尾巴拿给她。加利达碰了碰，气急败坏，嘟哝着走开了。

多亏老鼠在瘦削的墙壁上凿了个洞，安达西奥才逃了出来。

他头也不回地往前走，天亮时分来到山上。

他从一棵棕榈树的树顶上，看到家里已是熊熊烈火。

那是因为加利达踢了踢燃烧的柴火，如今火焰报仇来了。

邻居们把加利达的骨灰包在一条毯子里，交给癞蛤蟆扔进沼泽。

当安达西奥看到癞蛤蟆背着袋东西，蹦跳着过来的时候，就冲到他面前。他要抢那袋东西，毕竟妈妈只有一个。争抢中毯子被掀开，加利达的骨灰飘向空中。

那团黑云追着安达西奥，他跑了起来，潜入河水中。就这样，河水搭救了他，借着河面倒影，安达西奥第一次看到自己的模样。

癞蛤蟆的动作就慢些，无法抵御长矛大军的攻击，皮肤上永远留下了千疮百孔的咬痕。

从那时起，我们开始遭受蚊子的肆虐。

窗口：无形的独裁

无私母亲对家务实施独裁。

热心朋友对人情实施独裁。

慈善团体对债务实施独裁。

市场自由允许你接受那些强加于你的价格。

观点自由允许你倾听那些以你之名发表的观点。

选择自由允许你挑选别人吃掉你时搭配的酱料。

故事：蚊子奇迹

村里的神父告诉他："你是洁白灵魂里唯一的黑点。"

蒙多[1]已把灵魂卖给了上帝。为换得永恒的生命，他责令自己一生行善。很久以来他都过着圣洁的生活，没有尽头。此时，圣玛尔克市[2]一年一度的狂欢节又来了。跟往年一样，蒙多插上门闩，安上锁，把自己关在家里。节日期间他必须克制，必须禁欲。依照他惯常的做法，他用蜡封住耳朵，跪

1 蒙多（Montón），西班牙语里意为"大量，很多"。

2 圣玛尔克市（Saint Marc），海地港口城市。

在地上度过那欢腾的四天四夜。而此刻，外面的世界鼓声震动，音乐正把人们热气腾腾的身体扔到空中，激起一阵旋风：音乐让人们的身体在空中舞动，把它们送回到了地面，又让它们飞起。

这样的狂欢持续到星期二的午夜，随后，享乐的时间逝去，每个人都迎来忏悔的时刻、还债的时刻。

满月当空，潮水上涨，鸟群躲藏，空气转凉，而蒙多也结束了禁闭。

蒙多坐在摇椅上，沐浴着夜晚的凉气，喝下一杯纯净的雨水。就在那时，月亮突然落入他的杯中，杯子炸开了，整个村庄都被烧酒淹没。杯子破碎后涌出的烧酒汇成河流，在那夜和接下来的几天里，叫所有人饮下，变得醉醺醺。

自那以后，虽然全世界的狂欢已经结束，但是，圣玛尔克的狂欢节却在圣灰星期三[1]开始了。

就在那几天，蒙多把帽子弄丢了，也把他的女人弄丢了：一天上午，他碰到那副如同冰雕的身体，才发觉她比平时冷了一些。

---

1 也称大斋首日，在棕枝主日（圣周的开始）前四十天庆祝的节日，当年的圣灰是前一年棕枝主日时燃烧的棕枝留下来的。

一铲铲的土落在死者身上，蒙多虔诚地念着玫瑰经十五端[1]，可是，他却阻止不了嘴唇顽固地念叨：“你可别想把她还给我，我的上帝。”

掘墓人铺上越来越多的土，胳膊都抽筋了，可怎么都没法把坑填满。那个深洞依然在那儿，这个深度，即使拿来全世界的土也填不满。实在没别的办法，他只好在底下洞口的中间插上十字架。

“土地饿了。”明智的掘墓人断言。

蒙多不安地轻声笑了起来。突然，他面色煞白，膝盖一软，昏迷了过去。

家人和邻居为这位鳏夫扇风，认为炎炎正午和永失爱妻之痛正折磨着他。

1　天主教经文名，包括欢喜、痛苦和荣福各五端。

几天后，蒙多发现，在日光或者火光的照耀下，他的身体会投射出别人的影子，他身体上会长出别人身体的影子，那影子待在了不该在的地方。除了这潜入的影子，蒙多的身体还会散出一小阵疯狂的风，风儿把他手上的经书夺走，把笛子吹响，把女人的裙子掀起。

从来食量很小的蒙多，突然饿意大发，不可遏制，开始吞食一切，自己的和别人的，生的和熟的，静止的和移动的。反对抽烟的人不停抽起烟来；只喝水的信徒，却饮起浓度很高的烧酒来。吃着、喝着、抽着烟的他还胡言乱语，对着惊呆了的孙子们蠢话连篇。

孩子们猜测，是邪眼[1]惹的事。于是，他们决定搬家，把原来的家连根拔起，带上墙，带上屋顶，带上所有，搬到了村的另一端。他们在地上撒上鸡蛋壳，在耕地中间摆上奶牛的头，给受尽折磨的祖父戴上一串大蒜。

事态恶化。原本过着劳苦生活的殉道者，如今拒绝干活，

1 民间迷信说法，通过看别人就可以做坏事。

日夜都卧在女人的酥胸上，仿佛这是张柔软的吊床，他甘受爱欲炙烤，直到身体熟透。他家祭台上原本钉着基督教的十字架，如今，蒙多种下伊甸园的小树苗，放上一个装满果实的红杯，引来鸟儿歌唱，来向他的情人们致敬，这些女人没有肚脐，没有回忆，也不恭顺。

跟植物一样，人生病都从头部开始。蒙多的孙子断定，是祖父的脑袋不好使。眼瞧他脑神经的病痛越来越严重，孙子们把他带到山羊大师面前。

山羊大师用胡须做被单。在他睡着时拽他胡须的话，他会说话。

蒙多的孙子开始提问，才刚拽一下胡须，山羊大师就揭露了真相。

“蚊子。”他低声嘟囔，但没醒过来。

孩子们没明白。他们忘了，在很久前的一个上午，祖父醒来时，发现自己被咬肿了。他们这时才知道，这都是蚊子惹下的祸。

蚊子咬了这么多口，已经给他换了血。流入蒙多身体里的血来自一个臭名昭著的罪人，叫飞飞。这是一次灵魂交换，无法痊愈。于是蒙多就变成现在的样子，而那个飞飞，那位曾经不知疲倦的享乐者，不再敢于冒险，每天被迫过着同样的生活，喝酒时没法不呕吐，做爱时没法不带罪恶感，感受时没法不去思考。

窗口：话语（四）

玛格纳·雷蒙尼尔把报纸上长短各异的词剪出来，装在不同的盒子里。红盒子装的是愤怒的词，绿盒子装的是情爱的词，蓝盒子装的是中立的词，黄盒子装的是悲伤的词，透明盒子则装的是有魔力的词。

有时候，她打开这些盒子，反扣在桌上，让里面的词条按它们自己的想法混在一起。于是，这些词就会给她讲述正在发生什么、将来会发生什么。

故事：大天使回归

蒙多在空中舞蹈，为生活而狂欢，全身心庆贺蚊子的魔术。一天，他听到有人在他背后咳嗽。他转过身，却没看到任何人。

“你束手就擒吧。”

蒙多往下看，哈哈大笑起来，那里有个又老又丑、作警察打扮的侏儒。

大天使突然打断他的笑。“是上帝派我来的，”他说，“你听说没？他命令我把你带走。”

在这残酷现实的面前，胆小鬼面色煞白。在此之前，对他而言，死亡这件事跟疾病和衰老一样，只会发生在别人身上。

“那告别呢。”他口齿不清，手颤抖着，端出两杯克拉林甘蔗酒。

“没什么必要。”小矮人嘀咕说，一口喝完他那杯。

之后，他又喝了一杯，再添了一杯。

“每个人就只是短暂的一瞬，微不足道。”蒙多叹气说。

过了一会儿，大天使点点头，表示同意："恐惧主宰一切。"

烛光下，蒙多的身体变大。与影子一样颜色的身体，也随着影子增长起来。

当打开第二瓶酒的时候，依然青涩的黑老头鼓起勇气问："请问您做这行多久了？"

上帝使者咂了咂舌头，然后沉默不语。

但是随着杯中酒渐渐减少，嘴里的话慢慢多起来，最后他还是说了。大天使回想起那些在科马亚瓜的时光，那美好的生活，那短暂的光辉。他说，天堂里那些带翅膀的警察把他逮捕了。

"他们把我带了回去。"

如今，他被禁止做那些舍身救世的任务，只有在带走死刑犯的时候才来拜访世间。

悲伤中，他睡着了。

醒来后，天已经亮了，大天使猛地想起他的工作。

“灰烬，残渣，什么都没了。”他尽责地说道，一夜宿醉使得他声音沙哑。

其实，蒙多没有逃走，他正在摇椅上安静地摇晃着。

“如果您想带走我，您得把我解开。”他说。

他用两根手指夹起一根女人的毛发，这毛发既不来自头上，也不来自腋下。

“弄断它，”他要求，“我做不到。”

大天使开始尝试。他用牙齿咬，没用；用小刀切，用斧头砍，都不能把它弄断。

大天使向天堂求援，请求指示。

圣弥额尔[1]怒气攻心，拔光自己的羽毛。

他的喊声震惊了整个银河系：大天使长咒骂大天使这个傻瓜，居然会落入如此老套的陷阱，轻信这人尽皆知的诡计，他还表示，会一脚把这没用的东西踢进地狱。

而天堂的权力规则要求他尽管了结此事。没有上帝的签名，撒旦不接受任何来客；可是，没人敢因为这个令人羞愧、就该赶紧被遗忘的故事去打扰我们的上帝。在动荡不安的无尽宇宙中，每天都会爆发新的战争和革命，上帝可不是为了

1　圣弥额尔（San Miguel），基督教又译为圣米迦勒，上帝军团的首领，大天使长。

这样的不快之事而存在的。

在这么多马虎、愚蠢和腐败的证据下，这位屡次犯事的公职人员最终被关押在一片云上，被罚永生永世旁听天使合唱团的排练，听他们歌颂创世主的荣耀，歌颂他永不厌倦地倾听人们哭泣。

当大天使升空，永远离开这块土地的时候，地平线消失了。整片天空变成海洋，暴雨倾泻。

蒙多在雨水中穿行，也穿行在雨水唤醒着的这个世界里。

窗口：禁令

马德里一家小酒馆里，挂着一张公告：禁止歌唱。

里约热内卢机场的墙上，挂着一张公告：禁止玩弄行李车。

也就是说：仍有人在歌唱，仍有人在玩弄行李车。

故事：玉米的故乡

安达西奥成了孤儿，无家可归。他四处游走，想在大地上寻个地方安顿下来。他来到墨西哥湾岸边。

一束闪电冒出来，保护自己的地盘。他用他那炽热的长尾巴，劈打侵入者。

“这儿不行！”他怒吼起来，自恃罪恶名声而高高在上。天空发出怒火的轰鸣。

安达西奥指指地平线。他举起一块石头，开始挑衅，但他说话的声音很轻，反而像是在求饶：谁能把石头扔过整片海洋，谁就获胜。

闪电没有回答，但是默默挑了块石头，助跑，投射。闪电的石头在空中划出一道不可思议的弧线，蹭到太阳后，沉入水中，离地平线只差一点距离。

安达西奥悄悄地叫来鸽子和啄木鸟。他把身体比成弓的样子，把鸽子发射出去，鸽子就像石头一样，先在空中疾速前进，然后消失在视线外。没过多久，啄木鸟用喙对着一棵枯树敲了下，发出干瘪的一声，让人以为石头已经落在了对岸。

闪电垂下头，不得不离开，去到他那块石头落下的地方。安达西奥命令闪电，让它昭告大地雨季的降临，还让它送来雨水，沐浴自己的身体，令自己快快长大。

于是，安达西奥有了土地和雨水，还有修长身躯、叶片、穗儿、籽粒和穗丝。从此，玉米诞生了。

窗口：循环

用玉米做成的人会种玉米。以玉米粒为血肉、皮肤是玉米色的人，会开垦出一片玉米地，覆上优质的土壤，除去杂草，浇水，还对它说话，向它表达喜爱之情。玉米长成后，玉米人在石头上把玉米碾磨成粉，收好，鼓掌庆贺，然后让它们享受火焰的爱抚，最终，把它们吃下。如此，玉米便不会死在地里，而是在玉米人的身体内继续行走。

故事：鹦鹉的复活

鹦鹉掉进热气腾腾的锅里。他探出头来，感觉晕眩，又沉了下去。他是出于好奇而掉进去的，却在滚烫的汤水里断了气。

女孩儿是鹦鹉的朋友，哭了起来。

橙子脱去外皮，赤身裸体，把自己奉献给女孩儿，安慰她。

锅下燃烧的火焰后悔不已，熄灭自己。

墙上落下一块石头。

靠墙的大树伤心地颤抖起来，所有树叶都落到地面上。

每天为茂密大树梳头的风儿来了，却发

现它光秃秃的。风儿得知原委后，丢下一阵微风。

微风打开窗户，漫无目的地在世界游走，最后奔向了天空。

天空得知这个坏消息后，脸色煞白。

见到天空这般苍白，男人沉默不言。

塞阿腊州[1]的陶器工人想搞明白状况，最后男人开口说话，他说鹦鹉淹死了，

女孩儿哭了，

橙子脱了外皮，

火焰熄灭了，

墙上掉下一块石头，

大树落下所有叶子，

风儿丢下一阵微风，

窗户开了，

天空没了颜色，

男人就沉默了。

随后，陶器工人把这所有的悲伤收集到一起，当作原料，用双手将逝者复活。

---

1 塞阿腊州（Ceará），在巴西东北部。

从悲伤中重生的鹦鹉，有了火焰般红色的羽毛，

天空般蓝色的羽毛，

树叶般绿色的羽毛，

石头般坚硬和橙子般金黄的喙，

说着人类的话，

用泪水来解渴和提神，

可以从打开的窗户中逃离，

在一阵阵微风里飞翔。

窗口：记忆（一）

在另一片海的岸边，另一位陶器工人步入晚年，就要退休。

他视力模糊，双手发颤，告别的时刻终于来临。这个时候，人们举办仪式，推行一项新举措：老陶工要把自己最好的陶器送给年轻的工人。就这样，这项传统在美洲东北部的印第安人中流传开来，老艺术家要把他杰出的作品献给刚起步的同行。

然而，年轻的陶器工人收到那件完美陶器后，并没有把它保存起来欣赏、敬拜，而是摔碎成无数个小陶片，捡起后混入自己的粘土中。

故事：影子

他记忆中尝到的第一种味道是胡萝卜。

闻到的第一种气味是切开的柠檬。

他记得，当他第一次发现有距离存在的时候，他哭了。

他也记得，某天上午，他发现了自己影子的存在。

那天上午，他看到了此前视而不见的东西：贴着他的双脚，躺着一块阴影，比他的身体还要长。

他走起来，跑起来，可是，不论他到哪里，那块阴影都

紧紧地追着他。

他想从上面把它拿走，他想踩它，跺它，打它，但是阴影移动得比他的手脚还快，总能避开他。他想跳到阴影上方，但是阴影很快跑到前面。他猛地转身，想从前面把阴影取走，但是阴影又出现在他的后面。他紧靠树干，他在墙边缩成一团，他藏在门后，可不管他躲在哪里，阴影总能找到他。

最后，他终于摆脱了它。他轻轻一跳，跳进吊床，阴影便跟他分开了。

但是，阴影仍在网下，等着他。

之后，他又知道，在阴天、夜晚和正午的时候，阴影会消失。他也知道，阴影依旧会回来，被太阳带回来，就像戒指会寻找手指，大衣会向着身体而行。

他开始习惯。

他渐渐长大，影子也跟着长大。他害怕有一天，影子会离开他。

时间流逝。如今，他的身体正慢慢萎缩，在他生命的尽头，他不得不遗憾地迎来死亡，与影子分离。

窗口：无形的面孔

世间万物，包括我们，都拥有面孔和标签。狗、蛇、海鸥、你和我，所有活着的、活过的，所有步行的、爬行的或者飞翔的：我们都有面孔和标签。

这是玛雅人的观点，他们认为，看不见的标签比看得见的面孔更能成为我们的面孔。人们是通过你的标签来认识你的。

窗口：曾经的王国

奶奶说，在曾经的撒约曼，在从前的从前的从前，树木不会干枯，人们也不会消亡。当第一例疼痛发生的时候，还没人知道血液是红色的、黑色的还是白色的。当第一例死亡发生的时候，还没有词语来命名它。当撒约曼的土地被疼痛和死亡的阴影全面攻陷时，太阳选了一个男人，救了他，用日光将他卷走。自那以后，这个男人独自一人存在于时间之外，在地平线上漂浮的太阳殿里沉睡。

“撒约曼的最后一人，”奶奶说，“正等着你。”

故事：曾经的时间

奶奶说，在那段湮没于岁月中的时光里，鹿儿跑得比追它的箭还快。

蛇在整片土地上爬行，从头到尾都响动着节日般的快乐，今天响起的声音，在昨天和明天都能听到。

火鸡是高地王国的主人，它的喊声能到达最偏远的角落。

当不幸降临尤卡坦半岛[1]，鹿儿再也不能如风般奔跑，中箭负伤后，哭了起来。它眼眸含水，让其他受伤的动物得以解渴，所以，它眼睛总睁得很大，总是很湿润。

蛇再也不能快乐地响动身体，从那以后，它们赤裸的身体只能响起恐惧的声音。

1　尤卡坦半岛（Yucatán），位于中美洲北部和墨西哥东南部，古玛雅文明的摇篮之一。

火鸡掉到了山脚，再也没人听得到它的喊声。被逐出天国者在这片土地上流亡，火鸡再也不能飞翔。

窗口：记忆（二）

避难所？

母亲的肚子？

大雨倾盆、寒冷袭来或者暴风肆虐时容你藏身的大衣？

我们的前方是否有个灿烂的过去？

对于想要搏击风浪的航行者来说，记忆就是出发的港口。

窗口：到达

皮拉尔和丹尼尔·温伯格的儿子是在海岸边受洗的，受洗的时候人们教他神圣之道。

有人送他一个海螺："让你学会爱上水。"

有人打开笼子，放走鸟儿："让你学会爱上天空。"

有人给了他一朵天竺葵花："让你学会爱上土地。"

还有人给了他一个封口小瓶："你永远不要打开它，永远不要，你要学会爱上神秘。"

窗口：出发

曾孙们给老太太穿衣，送她去学校。每天正午，老太太艰难地从床上爬起来，要来白色围裙和蓝色发髻，非常紧张，因为女老师生气了。

“你们赶快，你们赶快，要晚了。”

老爷爷照着自己小时候画的图又画了一遍，那是七十年前的画了。他照着那时的画、模仿那时的自己作画的时候，老爷爷的手没有一丝颤抖。

他存了一些老报纸，跟他一样老，他很用心地把它包在布里，担心里面的字句会逃走。

窗口：问题

索菲亚·奥巴尔斯基的岁数很大了，没人知道具体是多少岁，谁又知道她自己是否知道呢。她只剩下一条腿，坐在轮椅上。两样都是破旧的：轮椅和她自己。轮椅的螺丝已经松了，她的身体也一样。

当她倒下，或者是轮椅倒下的时候，她尽力挪到电话边，拨下她唯一记得的号码。在时光结束的那一刻，她问："我是谁？"

在离索菲亚很远的另一个国家，露西亚·艾莱拉只有三四岁。在时光开始的那一刻，她问："我要什么？"

故事：赶车人

他手里攥着缰绳，坐在车夫的座位上，一动不动地等了一整个白天。好不容易出现个旅客，想要嗅嗅老城区的气息，到逝去的时光里走走。在极少数情况下，会出现一些大户人家，即使不是周日，他们也会去做弥撒。

等着等着，他打了个瞌睡。也许堂·安特诺尔梦见自己掉落的牙齿回到了嘴里，掉落的头发回到头上，岁月堆积的脂肪从身上抽离，还梦见自己正驾驶一辆最新款的梅赛德斯—奔驰，腰板挺直地握着方向盘，穿上崭新的制服，车顶上还有一块发光的牌子，闪耀着“的士”二字。

夜幕降临的时候，堂·安特诺尔摇晃缰绳：“驾，尹乌迪[1]。”

尹乌迪也不着急赶路，朝家的方向慢慢前进。

在夜色的掩护下，堂·安特诺尔边行进，边捡了几袋垃圾。

医师选择搭赶车人的马车。他从首都来，要做一场讲座，是关于迈蒙尼德[2]哮喘疗法的，他还想好好认识认识卡塔赫纳[3]这座城市。

他们的马车在城墙的影子下跑动，沿着海边，沿着老城街道，穿过石拱桥，在露台的木头悬臂下，然后驶经车水马龙的新城街道。

随着马儿和时间的奔走，医师向堂·安特诺尔致以敬意，认为这位沉默的大英雄是守卫国家记忆的哨兵，是保护逝去传统的堡垒。

“您真是祖国的历史文化遗产。”他赞美道，还在堂·安特诺尔的背上轻轻拍打了几下，以示祝贺。

旅行结束的时候，医师没有下车，跟堂·安特诺尔多聊了一会儿。他还检查了堂·安特诺尔的眼球深处，给这位赶车人开了霍格牌[4]鳕鱼肝油。他下车的时候，问车费多少，想

---

1 尹乌迪（Inútil），西班牙语里意为“没用的”。

2 迈蒙尼德（Maimónides），中世纪犹太神学家、哲学家和医生。

3 卡塔赫纳（Cartagena），哥伦比亚北方重要港口，旅游城市。

4 霍格（Hogg），过去巴黎著名的鳕鱼肝油品牌。

要付钱。

可堂·安特诺尔的回答让他很恼火，说："这么高贵的动物陪着您如此牺牲，您这赶车人的活怎么才收这么点钱？"

然后，他连钱都没付就怒气冲冲地走远了，消失在第一个街角。

堂·安特诺尔的怒气从灵魂深处往外冒。他责骂尹乌迪，在它耳边抽动缰绳，发出声响。

白昼一天比一天短。日落一天比一天早。生计一天比一天艰难：鱼儿游得很深，鸟儿飞得很高。

但堂·安特诺尔还在那儿，不论好坏，他还守在广场上。记得曾经的时光里，街上满是人来人往，喧闹嘈杂，还没有机器，或者还没有多少机器。那个时候，堂·安特诺尔开着恺撒牌四轮大马车，载过共和国第一夫人，载过西班牙来的武士和歌唱家，载过斗牛大师和说唱剧大师，还把手持扇子的妇人们带去参加盛装演出。恺撒马车的车门上闪耀着纯金的文字，本达尼亚[1]欢乐地嘶叫着，堂·安特诺尔还知晓显贵们床榻前和证堂里的秘密，熟识他们的日常生活和奇闻轶事。

那些人早已不在，那些人喜爱的东西也已不在;但是堂·安特诺尔还在。恺撒马车上都是蛀洞，一只轮子还瘸了。那匹瘦骨嶙峋的老马也早已不是曾经那个踏着胜利的拍子、在石板路上刨地翻土的本达尼亚了：尹乌迪瞎逛，贪睡，绕广场走了一圈又一圈，与此同时，汽车穿行在眩晕的交通里，嘟嘟作响。

1 本达尼亚（Ventanía），西班牙语里意为“小窗”。

当坎德拉里亚圣母节[1]来临的时候，人们组成庞大的队伍，登上住地的山顶。堂·安特诺尔也随着上去，不过，他是跪着爬坡的，膝盖还磨出了血，双眼甘受日光和灰尘蒙蔽，祈求着奇迹降临。他灵魂上的创口一直没有结疤，他恳请圣母帮他愈合。他的声音很轻，就像小时候他悄悄喊她“我的女朋友”和“离我近点嘛”那样，然后她便为他起了墙，把老城围了起来。

但是，圣母正忙于开辟海上的道路，复活溺死的人，把鱼儿带到空空荡荡的渔网里。那年，水上发生了很多邪门的事，需要航海女神操劳的事多得很，她没时间照看陆地上的不幸。

然而，堂·安特诺尔仍在山上祈祷，向她哭泣，即便她听不见；而尹乌迪在下面，和恺撒车拴在一起，遭受太阳暴晒。阳光太过凶残，就算躲在影子底下也不好过。尹乌迪嚼着枯草的时候，牙齿会咬到马嚼子，嘎吱作响。他咒骂那愚蠢的老头，竟把他当没生命的木马那样对待：他一直以来都默不作声地勒紧肚带，至少也配得到一顶饰有五彩羽冠的帽子和一顿大餐，大餐上该有彩色的玉米、苜蓿的茎杆、新鲜的三叶草和燕麦糊。

---

1 坎德拉里亚圣母节（Candelaria），源于西班牙特纳利夫岛的宗教仪式，在礼拜日历的二月二日庆祝，纪念耶稣降生后出现在耶路撒冷。“坎德拉里亚”意为引领人们行走，通向上帝信仰的光亮。

那晚，尹乌迪跑了，在尝够泥土和悲伤的滋味、过够以蒺藜为甜点的日子后，他终于逃跑了。他想飞奔到很远的地方，穿过田野，消失在绿地上。他想在鲜嫩的草场上翻滚饱食，嘶叫到喉咙沙哑。

他想飞奔，于是就飞奔了起来，在那个潜逃之夜，他经历了一生中最漫长的飞奔。

在很远的郊外，他绊到腿，跌落在地。他很费劲地站起来。马蹄摇摇晃晃，胸腔里回荡着轰鸣声，受伤的身体咯咯作响。尹乌迪不得不放弃过往疲累的走法。接着，他慢慢地，继续奔逃，最终，他倒在了海滩边的树丛底下。

木匠正绕着轮轴调试着轮辐，抬起头的时候，看到了他。堂·安特诺尔正慢慢走近。夏日里，尘土飞扬，空气浑浊，他佝偻的身躯逐渐变得明晰：他穿着企鹅般的破旧长礼服，头戴一顶杯子模样的礼帽，别着一个软塌的蝴蝶结。他从路口拐弯的地方走来，拖着车，衣服不断被树枝勾住。恺撒车一路颠簸，发出皮筋断裂那种咯吱的噪声，堂·安特诺尔淌着大颗大颗的汗珠。

不一会儿，木匠就调完了轮辐。堂·安特诺尔躺在车影下，对木匠说，他已经决定放弃提供马车服务。他的事业有了新的方向，那刻起，他决定帮别人搬家，送货上门，或者干别的什么活计。

几天过去了，几周过去了，尹乌迪又回到他曾经的地盘上转悠。每天，他看着堂·安特诺尔和恺撒车互相拖拉着出门，凭着气味的踪迹，他可以猜到他们去的方向。

尹乌迪犹豫不决，他一直在那里打转，想要离开，但每次又都回到这个地方。他一边舔着自己瘦骨嶙峋、皮开肉绽的蹄子，一边犹豫；他一边用蹄子挠挠胸，一边犹豫；他反复咀嚼地上的草，反复犹豫。然后，他在破败的棚屋旁睡着了，那里曾是他的家。

有一天，天亮的时候，尹乌迪用鼻口推开门。光线很暗，但他依然认出了他的稻草床和挂在横梁上的马具。

堂·安特诺尔从恺撒车里爬起来。在幽灵般的长衬衣下，他的腿就像金属丝那么细，不太撑得住他的身体。他指了指装满水的木桶。“在那儿呢。”他嘟哝说。

“我喝啤酒。”马儿说。

窗口：再见

他无法入眠。他把所有的困意收进超市的塑料袋里。袋子开了，困意也就跑了。他无法入眠，因为他再没困意来做梦了。[1]

他是这么说的。他还说，他弄丢了两天，一天周一，一天周二。他失望地寻找，但哪儿都找不到。

他死前弥留的时间不短。吸入的空气慢慢变少。最后，在检查仪器的折磨下，他只能口齿不清地说："这段坡也太长了。"

他死了，那些他曾拥有并丢失了的困意和日子还是没有找到。

他剩下的东西很少。费尔南多·罗德里格斯从未想要拥有什么。他什么都没有，是赤身之人；当他赤身走的时候，孩子们、疯子们和鸟儿们都追随着他。

---

1 西班牙语中，"困意"和"梦"是同一个词（Sueño）。

故事：逃债的鞋匠

“姓名？”

没有回答。

警长在他胸脯上敲了三下，问：“你死了吗？”

堪迪多[1]安静地躺着，官方宣布他是一具死尸。

堪迪多眼眶里泛满眼白，眼珠盯着睫毛，想着事。他唯一的想法，或者说，唯一在他脑中飘浮的乌云是：他们会把我放进棺材里埋了吗？

那里一位总是控诉社会的诗人，当即写下七句离合诗，咏唱倒霉鞋匠的永垂不朽。他还唱起死者的不幸，说死者没日没夜地反复打磨皮革，就是为了给没良心的家人挣口饭吃，可他工作得越多，却挣得越少，欠得越多。

1　堪迪多（Cándido），西班牙语里意为“纯朴的，天真的”。

然而，他的邻居和家人却宣称，死者对额上的汗水过敏，因此经常会恶心、发疹。据他们说，这个以修补为业的人，从没补过半个鞋底，反而更喜欢靠偶尔兜售些小玩意来过活，包括有装满巴黎空气的小瓶、盛满教皇亲吻过的巴西土壤的瓶子，以及用来抢盲人食物的木勺。

这是他们说的，我并不知情。事实上，在堪迪多决定要走这悲剧性的一步时，他已经欠下每位圣人一根蜡烛。

他亲手钉做了个棺材，把它磨亮，放上写有他名字的小薄片，判自己已经死去。

人们在教堂为他守夜。债务人很多，亲眷没有一个：为堪迪多哭丧的是不计其数的债主，没有别人。他在棺材里僵直地躺着，双手交叉放在胸上，听着受害者们的哀嚎，直到那些被他坑害的人离开教堂。这时，他只能听到某个修女细微的祷告声，她在为并没有犯过的罪责请求宽恕。等到夜深的时候，只剩这位逝者孤身一人。

他等了一会儿，终于下定决心。他揉揉疼痛的眼睛，非常缓慢地从棺材里伸出一只脚，然后，伸出另一只。起身的时候，他弄出细微的响声。他赶快把食指放在嘴唇上，告诉自己:“嘘。”

他下地，一小步一小步地走。他光着脚，在阴暗的教堂里游逛。在十字架下，在耶稣像下，在抹大拉的马利亚[1]和圣母玛利亚间，他找到个不错的地方，坐了下来。他从寿衣的口袋里掏出烟，用教堂的大蜡烛点燃。他就这么抽着烟，为自己庆贺着。突然，他听见响动声，一下就窜回棺材里。

盗贼们洗劫了祭台，剥光墙上的饰物，脱去圣人们的衣服，同时，鞋匠默念着天主经、万福玛利亚祈祷词和马库巴[2]符咒。然而，盗贼的头目忍不住好奇起来:“这个死人，就没有颗金牙吗？”

堪迪多感觉到有只手在碰他的嘴巴，于是用尽全身力气，大咬一口，从棺材里坐了起来。

盗贼吓成了斗鸡眼，一下就瘫倒在地，整个团伙嚎叫着飞奔起来，留下一道儿的天使翅膀、丝绸和银饰。

---

1 耶稣卓著的女性追随者。

2 马库巴（Macumba），原指来源于非洲的一种乐器，后作为贬义词，指“黑色的魔法”，在巴西、乌拉圭和阿根廷等地使用。

全体村民都去敬拜新的拉匝禄[1]。

所有人都为他献上供品。人们来的时候，胳膊下都夹着母鸡，带着装满菜豆的袋子和闪亮的小饰品，那些债主甚至还亲吻他的双脚。

坐在天堂宝座上的上帝，把目光垂顾到这个遗落在孤独之地阿拉戈拉州[2]的小村落。他派自己最谦卑的儿子去拯救这座惨遭撒旦之子糟蹋的教堂，这座教堂是他的房子，也是他的身体。

那位复活者变身为创造奇迹的圣人。

堪迪多还向观看奇迹的人收取费用，他可不是廉价的圣人。

“都想些什么呢？”他责备道，“上帝的恩惠只值一根香蕉的钱吗？”

据幸存的证人说，堪迪多把赚来的钱全都花在遥远的马塞约市[3]的妓院和赌场里。看着手里的捐款，堪迪多声称：“为什么钱币是圆的？因为可以跑。”

许多年过去了。

饿死的人得不到遗产，

---

1 拉匝禄（Lázaro），基督教称之为“拉撒路”，圣经人物，只出现在《新约》里。他居住在耶路撒冷外的伯达尼村，耶稣至少在他家居住过三次。据说，耶稣曾让他死而复生，因此，他的名字经常用来象征重生。

2 阿拉戈拉州（Alagoas），巴西的一个州。

3 马塞约市（Maceió），阿拉戈拉州首府。

瘫痪的人走不了路，
秃顶的脑门上长不出头发，
老处女结不了婚，
荒漠里不下雨，
侏儒不长个。
有一天，堪迪多死了，可再也没有醒来。

窗口：海洋

大海从不固定在某个地方。山峰和树木的终点在它们的根，但海洋不是如此，它跟我们一样，注定流浪一生。

海洋人的特质：我们这些海边人，都是由海与土壤塑造而成的，这一点我们很清楚，即便有时候我们察觉不到，只是随着城市街道的波浪航行，从一家咖啡馆走到另一家咖啡馆，穿过海雾前进，前方可能是一个港口，但今夜，等着我们的，也可能是一场海难。

故事：热爱欢闹的南海巫师们

过去，巫术经常造访奇洛埃群岛[1]。

巫师们懒得飞行的时候会骑马而来，只不过，他们骑的是只巨大的海马。海马的鼻孔里会喷出浪花泡沫，也喷出它们的糟糕心情。巫师们只有一条腿，半夜，他们蹦上岸，用钱包里的镜子照向一些人，没错，巫术就要降临到这些人的头上。从远处看去，巫师们像是跳动的小火苗：彭丘[2]底下穿着燃烧的马甲，那是用人皮做成的，涂满人油，仿佛灯笼，为他们照亮前行的路。

也不总是如此。有时候，巫师们化身细点牙鲷[3]，在干旱

1 奇洛埃群岛（Las islas de Chiloé），智利南部太平洋上岛屿。

2 原文是 Poncho，指用羊驼毛织成的披风，形状像长方形的毛毯，两侧的下摆有灰黑相间的传统花边，是秘鲁安第斯山区印地安人的传统服装。

3 海鲷类的一种，常出现在地中海，以大牙齿得名。

的土地上游动，对基督徒的肉垂涎欲滴；有时候，他们变成蝙蝠，边飞边寻找谁的脖子能引起他们的注意。那些可怕的猫头鹰也是变身后的巫师，他们想要给所见之物都留下永不愈合的伤疤；他们还是呱呱叫的乌鸦嫖客，用翅膀往纯洁少女的身上一蹭，便能叫她们怀孕。

岛上还会发生抢女人的事。巫师之手所犯之事可谓人尽皆知，他们还声称地狱的欲火是抵御冬日寒冰的圣器，不止一位日行弥撒的夫人祈祷着自己会遭人诱拐。

巫师们爱在夜间聚会的时候把虔诚的修女从“苦难”中解放出来，可如今，他们对此已心生倦意。于是，他们抛弃了位于海底深处的珊瑚宫殿，浮出海面，缠绕着马尾藻的皮肤闪闪发亮。随后，他们驶着幽灵之舰开始航行。

海鸥岛[1]和火地岛[2]之间的渔民们都看到过这样的壮观场景：红色的帆船冲破海洋，随后消逝在黑雾中；他们都听到过，喧闹的音乐屡屡回响，船上传来无穷无尽的放肆笑声。不止一位当地人手指交叉，祈祷：幽灵之舰会在一群丑陋大鸟的追随下，驶入德累—德累港[3]，来维修因长途旅行而损坏的船体；

---

1 乌拉圭拉普拉塔河河口的岛屿。

2 位于南美洲的最南端，东部属阿根廷，西部属智利。

3 德累（Tren），西班牙语里意为“火车，列车”。

或者是，幽灵之舰在基加维洞穴[1]附近周旋，巫师们在那装运瀑布之水，来刷去自己受过洗礼的痕迹。

那段时候，幽灵之舰就代表夜晚的狂欢。

在某个日期不明的时刻，在某个地图没有指明的地点，巫师们意外找到了一个别人正在寻找的地方。这实非他们的本意。根据《巫师编年史》记载，他们远远就发现了一座被

1 基加维洞穴（Las cuevas de Quincaví），位于智利，相传是巫师们碰头的地方。

金雾包裹的岛屿，就算在深夜也闪着金光，那一刻，他们快乐地发起疯来。

独腿巫师们踏上这座岛屿，忠诚的癞蛤蟆们紧随其后。他们跳着前进的时候，粉尘状的金子扬起，四散在金色的空气之中。岛上荒无人烟。巫师们沿着金子做的河岸，朝金山行进。他们看到土地上和花园里的金子还在生长，看到纯金的金雀花和橙子，看到满是金串串的葡萄园。他们还看到，年岁久远的骷髅依然紧攥着斧和剑，路上散落着干尸、头骨、盔甲和锈迹斑斑的火枪。不知道是多少年或多少个世纪前，高贵的长官和前来攻占的军队在此陷落，在通往黄金国最高峰的道路上互相残杀。

巫师们再也没有回来。

有时候，风儿会带来远处的哀叹，这些哀叹声既不来自受罚的灵魂，不来自没有葬身之地的溺亡人，也不来自饥寒交迫的海难者。在巫术解除了的奇洛埃群岛上，听风人说，这些哀叹来自那艘幽灵之舰。据他们说，巫师们遭了惩罚，除了要看守黄金，彼此之间还要相互监视。而那艘幽灵之舰，正环绕着那座岛航行，永不停歇，永远也走不出的那圈浪花泡沫。船帆也无心重返大海，连风儿都不愿再靠近那个在黑暗中瑟瑟作响的阴森监狱。

那些胆敢靠近岛屿的大船顷刻间便会搁浅，在虚空中航行；若那些冒失的船员漂回到陆地上，就会变成遇难船只的残桅断板。

窗口：成功男士

看月亮的时候，他必须计算距离。
看树木的时候，他必须计算柴火。
看画作的时候，他必须计算价值。
看菜单的时候，他必须计算卡路里。
看男人的时候，他必须计算利益。
看女人的时候，他必须计算风险。

故事：入侵的女人

第七日，上帝休息。
他恢复了全部精力。
第八日，上帝创造她。
——《创世记》2.1

新婚之夜，你穿越河流而来。当你挺立在泡沫之上，从黑暗里来的时候，所有村民都在码头上，合不拢嘴。溅起的水花拍打你白色的长衫，萤火虫围成的王冠点亮你的脸庞。

卢乔·加瓦甘德[1]之前已经用六头母牛——他全部的家当——把你换回家，就是想用你的美丽，治愈他那副受尽寂寞与岁月凌辱的身体。

那夜，人们聚会狂欢。日出时，下着稻米雨，竹筏在河流里转了四圈，在

1　加瓦甘德（Cabalgante），西班牙语里意为“骑马之人”。

吉他和沙槌的欢送声中你俩一同离去。

第二夜，竹筏回来了，你站在那儿；而卢乔·加瓦甘德，直挺挺地躺在地上。

卢乔还没来得及碰你就死了，当时白长衫正从你身上缓缓滑落，在脚边卷成一团。他看着你，胸部爆裂。

卢乔全身发紫，舌头伸出，所以人们为他守灵的时候，他是被包裹住的。与此同时，他的两兄弟争了起来，而争的就是你。一个从未被征服的女人，如今独身守寡，兄弟俩都想夺得这份遗产。

于是，该挖三个坟墓了。

你留在了村里。

死者父亲没有放任你受欺凌。这位老骑士在岸边透过望远镜追踪着你，看你命令漩涡唱起歌；天刚亮的时候，你就挥起宽大的船桨在水里打转，浪花泡沫里涌出刺耳的乐声，你的这首气泡之歌，比教堂的钟声更有力。竹筏舞动，鱼儿游来，所有男人都醒了。

市集上，你用鲱鱼和狼鲈换来芒果、菠萝和棕榈油。老人跟在你身后，忍着风湿病，监视着你的行踪。当你躺在吊床上的时候，他还监视着你的梦。

老人不吃也不喝。一群如旋风般的蚊子日夜不分地咬他，贪婪地吸吮他的血，他身上的肉慢慢消失，气息也越来越虚弱。当他全身上下只剩一把沉默的骨头时，人们把他埋在了儿子们的旁边。

你不穿巴黎世家的衣服，不戴手镯，不戴耳环，不戴戒指，连你黑色的长发上都没有一枚别针，永远闪耀着用香蕉根茎洗过后的那种光亮。

但你每次走近的时候，瘫痪的艾斯克拉斯提科[1]总会为你添上一枚小饰物。你在村里的街巷穿行时，灰尘和泥巴也不来烦扰你。艾斯克拉斯提科感觉命运正大声叫唤着他，大声命令他进入你的身体，在他生命的每年每天都留在那里。

“在她身体外面，我能做什么？”艾斯克拉斯提科十分苦恼。直到某天上午，当他看你经过的时候，他从轮椅上跳了起来，跑向你，途中被一辆自行车轧死。

潮涨的时候，河水能到他的胸部：佛都纳多仅用一只胳膊，就能击沉任何一艘船，用两只，则能把沉船托出水面。这位大力士对于生

1 艾斯克拉斯提科（Escolástico），西班牙语里意为“教规的、经院的、墨守成规的”。

吃鱼肉和征服鲜活的女人，有着无休止的欲望，他炫耀说：“我身上的多毛宝剑就产男丁。”

当他要侵犯你的时候，一道闪电劈中了他。闪电时，天空朗朗无云，当时佛都纳多正好在你睡觉的吊床旁，伸出他那把坚挺的剑和胳膊；然而，你依旧淡然地睡着，对这一切毫不知情。至于佛都纳多，他只剩一具可怜的焦黑身躯，用三条腿支撑着。

传言流遍了整个太平洋海岸，说你不是一般的女子，一位记者和一位摄影师听闻后，从布埃纳文图拉港[1]赶来。

那是个狂舞之夜。你在空中转圈，人们围在你身边鼓掌，你双肩不动，胯扭着。你的脚分明就是蜂鸟的翅膀，疾步如飞，沙沙作响。舞动的裙子花边就像海上升起的波涛，底下的大腿虽在暗处，但依然夺目。记者总算嘀咕出声：

“我如此幸运，

能活在这个世界上，

能看到她。”

1　布埃纳文图拉港（Buenaventura），哥伦比亚临太平洋的主要港口。

这是他最后的话。

摄影师变成疯子。他只想着要抓拍你仙女般的照片，带着翅膀，地上和天上，走路和飞翔，从此落下口吃、颤抖的毛病。就算他去拍雕像，画面都很模糊。

神父郝维诺感受到一阵海洋的气息，发觉你就在他附近。他抓起一把泥土往前扔，用手画十字，祈祷，又往后扔了一把泥土。发觉你朝教堂走来时，他用两把锁把门锁上，插上铁门闩和木门栓。

“神父。”你说。

他往后退，惊恐万分，在圣坛上搂住十字架。

“神父。”你贴着门又喊了一声。

“我的上帝！您可千万别把我抛弃！”神父哀求道，汗如泉涌，堕落的火焰燃烧着他。

你前来忏悔，离开。你边走，边流下薄荷味的泪滴。

第二天，神父郝维诺的身上涂满圣土，与耶稣绑在一起，跳入河里，在很深的拐角处。

一会儿，人们把他俩捞出来。神父已经死了，而耶稣不再像以前那样会流汗、淌血和眨眼了，当然，也不再显灵了。

女人们看你的时候，总是皱紧眉头。自从你来到镇上，天不再下雨，男人们劳作的很少，去世的倒很多。有人看见你的凉鞋里有马刺，有人看到你被一团硫磺气雾包围。众所周知，也显而易见，你划过的河水会沸腾、起雾，鱼儿会跟随你，疯狂地拍打鱼鳍；人们也都知道，有一条蛇每晚都会来看望你，从屋顶的棕榈叶滑到你的吊床，为你效劳。

全村人都在声讨你，说你是傲慢的巫婆，说比起祷告，你更爱狂欢，责怪你那迷惑人的妖术，或者那不可饶恕的美丽。

某个夜晚，你走了。你站在水面的竹筏上，消失在雾气中。

没人再看见过你，除了我。那时我还小，你可能没有注意到。

如今，我还能看见你。

窗口：大海女神

耶芒亚[1]生活在水域深处，在那儿收受供品。在她的节日当天，巴伊亚州[2]的渔夫们边航行，边唱歌，赞颂这位迷人又贪吃的女神。他们在小船上放了大量的香水和甜点，来讨她的欢心。

若她喜欢这些礼物，她就会为他们提供庇护；但倘若她拒绝，她就会把那些白花、镜子、扇子、梳子、香水和美食退还到沙滩上，渔夫们便会惶恐不已：他们将迎来凶年，打渔不仅收成少，还危险重重。不止一个渔夫会在远洋遭海浪吞没，好让耶芒亚平息怒气，缓解自己作为女性的饥渴。

---

1 耶芒亚（Iemanyá），女海神。贩卖奴隶时期，随宗教和传统从非洲尼日利亚迁至巴西大陆。每年2月2日，大西洋南岸美洲国家的人们向着大海，在船上向她奉上供品，举行宗教庆典。

2 巴伊亚州（Bahía），巴西东部州。

窗口：身体

教堂说：身体是一个罪过。

科学说：身体是一副机器。

广告说：身体是一项生意。

身体说：我是一场狂欢派对。

故事：想要生孩子的男人

女人？那是个低等的种族，跟黑人、穷人和疯子没什么区别。她们像小孩那样，没法获得自由。她们注定会大哭大叫，会说别的娘儿们的坏话，会每天更换想法和发型。床上和厨房里，她们有时能带来些乐趣，但除此之外，只有不愉快的事情。

堂·塞拉非克[1]从来就是个头脑清醒的男人，但如今，在迟暮之年，一团该死的阴影挡住了他的理智。夏娃们的某个

1　塞拉非克（Seráfico），西班牙语里意为“天使般的，和善的”。

东西，他无法蔑视，也无法怜悯；他反而很羡慕她们，尽管要承认这点可不容易：她们的身体可以成为栖居之地，但他的不可以；她们可以变成两个人，但他不可以。生活给了他很多乐趣、很多财富，因此，堂·塞拉非克从不抱怨生活；但他从未生育过，别人的这项特权让他心生愤怒。他不想在离世的时候，还没有过分娩的经历。

“我要生个儿子，”他发誓，“就算不行，也得生个女儿。”

那几天，在附近那片山上，另一个誓言被许下。老虎落入猎人布下的陷阱，向猴子求助；猴子挂在树枝上，摇晃着，心有疑虑。老虎边飞吻，边发誓说：“我会做你的奴隶。”

猴子打开陷阱里的夹子，和老虎一起离开。老虎走在前面，为猴子开路，清除前路上会踩到的泥。猴子坐下休息的时候，老虎就用一片香蕉叶为他扇风。

堂·塞拉非克走进堂娜·胡安娜·欧巴拉的店里，在她脚边垒起一大沓纸币，还特别说明：他不是要妻子，当然也不是要丈夫，他不要长期在海上漂泊的水手爱人，也不要圣灵的帮助。

胡安娜·欧巴拉是卡马华尼市[1]的巫师。她不需要蜗牛、纸牌和玻璃弹珠就能预言运程，抚慰不幸，把可能的和不可能的事连在一起。

巫师挠挠头，开始思考。她非常投入，反复琢磨，最终记起来，孩子的原料其实和美梦、噩梦的原料是一样的。于是，她准备配方：七大勺碳、十七大勺氢、一大勺氮和三大勺氧。

整个白天，老虎都是忠诚的侍从，但是夜晚来临时，这只猫科动物把一只爪子轻放在猴子的肩上，不是要拥抱他，而是碰他；同时，他边轻抚自己的胸，边谈论说，尽管我们老虎什么都吃，可我们不会吞掉月亮，不然可怜的夜晚就会彻底堕入黑暗。猴子立刻解释，说自己的病躯染有肝炎、疟疾、梅毒和艾滋，吃了对老虎实在没什么好处。

“我们终会因为什么而死去。”老虎思索起来，这时猴子

1　卡马华尼（Camajuaní），古巴东北部城市。

悄悄走开，一跳就消失了。

九个月亮划过夜空。

堂·塞拉非克的肚子里还是没有儿子，也没有女儿，两百七十个晚上无休止的体力活反而让他大伤了元气。当他的头刚碰着枕头，眼睛刚合上，他的梦就折磨他，让他去做些费力的举动：

他整晚不停地跑，一辆疯狂的火车追着他，一直踩他脚跟；

或者在一根沾满肥皂水的木棍上攀爬，鳄鱼在底下张口等着；

或者与慈善圣母[1]随行的一万一千个处女做整晚的爱，她们一个接一个爬到他身上，扭起肚皮舞，然后把他翻过来，光着身子扑到他的怀抱里。

他起床时，状态很糟糕。他艰难地拖着身体来到院子，往脸上泼冷水，还害怕泉水口里喷出来的不是水，而是什么话或者小蜥蜴。

当第九个月亮照进密林时，老虎和猴子都已骨瘦如柴，精疲力尽，但

1　庇佑古巴的圣母之名。

是追赶者仍未放弃对逃跑晚餐的追捕。他的步子听起来很疲累，踩在干裂的叶子上时噼噼啪啪的；他的耳朵嗡嗡作响，等候着那致命的一跃；他沙哑地吼叫着逃犯，说要用口水把它打湿，要用舌头把它逼入绝境，要用牙齿把它碾碎。色彩缤纷的白天过去了，气味缤纷的夜晚也过去了。

现在，堂·塞拉非克有两个问题：他还是没法生孩子，以及受无休止的噩梦折磨。

他到城里，向科学寻求帮助，给顶尖专家付上双倍的诊疗费。

波芬医生仔细听他说话，眉毛都没动一下。堂·塞拉非克说，他已决定不借助女人，而从自己的腹中产下一位小王子来继承他的血统。他还承诺，他可以用自己的一切来换取让男性怀孕的办法。波芬医生提醒他："分娩很疼。"

医生在他身体前面的口子里塞上一个漏斗，在身体后面的口子里插上一个塞子堵住。他让病人躺下，在漏斗里倒上一满锅的蓖麻油。

堂·塞拉非克还想摆脱那些折磨他多时的噩梦，可波芬医生只是问他，睡觉时是把胳膊放在被褥上面还是盖起来的，手掌是握拳的还是摊开的。

堂·塞拉非克此生再也没能合上双眼；但是，那天下午走出诊室的时候，他有了身孕。

猴子谨慎地与敌人保持距离，在肥猪树顶躺下，睡了个午觉。

午睡期间，他听到有人在呻吟。他探出头，发现树下蹲着一个圆滚滚的男人。堂·塞拉非克的大肚子撑在地上，他呻吟着，冒的汗一会儿是滚烫的，一会儿是冰凉的。猴子滑到地上，静静地坐下，观赏起这番景象。

当塞子蹦出来，那颗圆球爆裂了，发出一声比打雷还强烈的轰鸣，让整个世界为之一震，猴子吓得跳了起来。

泄了气的堂·塞拉非克瘫倒在地，看到猴子。他泪流满面，叹起气来："有点丑，但也没关系啦。"

窗口：生育

怀孕的女人知道什么时候该生，也知道生下来的是什么。知道什么时候，是因为月亮和身体会告诉她；知道是什么，是因为做梦会梦到。如果她梦见丝线或者瓷罐，她会生个女儿；如果她梦到金属、帽子或者鸡蛋，那她会生个儿子。

那时，她会跪下，任头发披散，喝一口烧酒，双膝着地，迎接新生儿的到来。

婴儿的小手要触碰一把锄头、斧头或者砍刀，母亲会用灶台的炭灰，在孩子的头顶中央点一下。

脐带则会放在最高的树尖上。

查姆拉镇[1]的人就是这样出生的。

---

1 查姆拉（Chamula），墨西哥玛雅文化圈内的自治镇。

故事：天生淫魔，他的成就和令人惊骇的结局

好奇的人们潜伏在山里，从远处监视他。安嘎尔纳西翁[1]有个大脑袋、一对招风耳，还有一头火焰般的头发。但由于距离太远，人们只能看见他拖着一根尖棒，就像拖着一条长长的尾巴。天热的时候，安嘎尔纳西翁会把它泡在河水里冷却，然后摊在岸边，让太阳晒干；在寒冷的夜晚，他会拿它当

1 安嘎尔纳西翁（Encarnación），西班牙语里意为“化身”。

围脖用。

据说，这位丑陋的粗人是父亲和女儿乱伦的结果；又据说，他那根非同寻常的工具是用来敲门，用来立桩，用来进行无休止的淫荡活动的。在春天的燥热里，安嘎尔纳西翁已经在他坚硬的“横梁”上安放过六个女人，让她们坐着，跟她们玩跷跷板的游戏。某个晚上，这位淫魔在梦中兴奋起来，他的硬杆举起，钻穿了屋顶的瓦片。

人们都在说、都知道，但是从未有人接近过他。

夜幕降临，有个身影悲伤地穿过田野。安嘎尔纳西翁一如既往地独自行走，一如既往的孤独。突然间，天降暴雨。

广阔无垠的田野里，没有一棵树。

安嘎尔纳西翁被大雨淋遍全身，冷得瑟瑟发抖。他在绿野中隐约看到一块光秃秃的岩石，一道闪电把岩石照亮：那块大岩石有顶盖，岩脚处有一间棚屋，围了一道畜栏。

三姐妹带他进屋，闩住了大门。其中一位解开他护脖子的东西，脱去他湿透的衣服，用毯子把他裹着；另一位生起火，请他躺在火边的羊皮上；第三位为他端上洒了辣椒粉的姆尼亚—姆尼亚汤[1]、抹上纯天然蜂蜜的蕉叶鸡冠玉米粽和用花

---

1 姆尼亚（Muña），阿根廷部分地区常见植物名，对胃痉挛、胃痛、胃灼热、消化不良等症状有治疗效果。

生油炸过的山羊睾丸饼。安嘎尔纳西翁喝下混了鹿角粉的热玉米酒，听耶稣的圣经：这三位信徒为他诵读一些经段，经段说，比酒更好的是你的吻。

外面，雨已经停了。

日光划破山间的地平线，少女们的父亲从远处骑马而来，看到空中有血色。

下马后，他把从镇上买到的东西卸在棚屋里，视线越过石头砌成的畜栏，往里看，他的女儿并没有把动物放出来。鸡窝里，母鸡正在鸡蛋上睡觉，没有谷粒可吃。

可怕极了的预感。父亲召集起偏远的邻居们。一支砍刀大军起身上山，朝着山顶的房屋进发。

一片寂静。

父亲一脚踹翻大门。

屋里没人听到这声轰响，白昼猛烈的亮光也没有把她们吵醒。她们靠在炭火边上，光着身子，盖着毛毯，眼睛眨都没眨，继续安睡。那位淫魔也在睡觉，同样光着身子，他悬挂在房顶，轻轻摇晃着，他的“蛇儿”打着结，拴在一根横梁上。

父亲手拿砍刀，冲向那位糟蹋了他三个女儿的居心叵测的家伙。但是，武器还没砸到他身上，安嘎尔纳西翁便在一阵火光中消失了，只剩下地上的一小把硫磺粉。

神父举行弥撒，以示感恩，庆祝基督徒噩梦的终结。安嘎尔纳西翁就是别西卜[1]做的一场噩梦。当别西卜在地狱深处醒来的时候，安嘎尔纳西翁便消失在空气中。

湿季过去了，旱季也过去了，淤泥和扬尘的季节都过去了。保特[2]盆地里，有三个婴儿降生，巨大的红色脑袋下是蜘蛛的躯干。另外，每个婴儿都拖着一条长长的东西，接生婆还以为这是脐带。

---

1 别西卜（Belcebú），也称“苍蝇王”，新约圣经中的“鬼王”，七宗罪中的贪食、恶心和邪恶的代名词。

2 保特（Paute），厄瓜多尔地名。

窗口：恐惧

饥饿把恐惧当作早餐。对寂静的恐惧让街道吵闹非凡。

恐惧迫近：

如果您陷入爱情，可能会染上艾滋。

如果您抽烟，可能会患癌。

如果您呼吸，可能会受污染。

如果您喝酒，可能会发生事故。

如果您吃东西，可能会增加胆固醇。

如果您说话，可能会失业。

如果您走路，可能会遭遇暴力。

如果您思考，可能会苦恼。

如果您犹豫，可能会疯掉。

如果您感受，可能会觉得孤独。

故事：出土宝物和它诅咒的灵验

烈日炎炎，让人活受罪，记者在卡罗尼河[1]上航行，寻找那位猎宝人。

找到他后，记者请他吃了顿午饭，收获了一个故事。

堂·艾斯比利都[2]·莫拉莱斯吻了吻杯子，朗姆酒就消失了。他又满上，举杯说道："为借口干杯。"

那一大盘美味的玉米，无论是裹着山羊乳酪的鲜嫩玉米，还是包着火腿肉的熟玉米，顷刻间消散一空。

"您抽烟吗？"堂·艾斯比利都问道，这是他要烟的方式。

"好味道"家庭餐厅里，枝条、棕榈叶做成的屋顶投下一片阴影，记者等待着。他不时尝口吃的，抿一两口喝的，但还等着。有香菜调味的鸡肉蔬菜浓汤摆上桌，雾气腾腾，

1 卡罗尼河（El Río Caroní），委内瑞拉水量第二的河流名。

2 艾斯比利都（Espíritu），西班牙语里意为"精神"。

堂·艾斯比利一头埋进了那只蓝边的白色瓷碗里。

炖汤喝干净之后，在鱼肉莫吉托[1]把堂·艾斯比利都的嘴巴堵住之前，记者得到他的第一段话。记者得知，那堆宝物集中了二十八座教堂的财富。那是1817年，叛乱、抢掠比比皆是，当时，有五十多头骡子把教堂的金子和宝石驮到位于圣·塞拉芬的修道院，那是加泰罗尼亚神父传教的地方。神父伊诺森西奥[2]把宝物中的珍品埋在了修道院中的一个神秘地方。

“某个酒醉之夜，在离这很远的地方，我知道了这件事，是神父孙子的孙子说的。您可别笑，这信息不是白给的。”

那孙子的孙子要求抽四分之一成，堂·艾斯比利都觉得并不过分。

鱼上桌了。

随后，他问：“您抽烟吗？”

堂·艾斯比利都吸了几口，接着喝了一杯朗姆酒。

---

1 委内瑞拉苏利亚州经典菜品，由塞入火腿的鱼肉、椰奶和香料制成，配有米饭、炸香蕉和奶酪。

2 伊诺森西奥（Inocencio），西班牙语里意为“清白单纯之人”。

他继续讲。一个渔夫把他带到那个已成废墟的传教之地，那里空无一人。伊诺森西奥神父的鬼魂住在一棵木棉树上，人人都怕他。只有一个人能与死去的神父交谈，渔夫刚好认识。

“他把那人的名字告诉我，要抽十分之一成，我觉得也不过分。”

接下来上的是羔羊肉，那可是椰奶炖羔羊肉。堂·艾斯比利都把它消灭得一干二净，连一片菜叶、一粒米都没有放过。

“堂·马丘卡·德·瓜西帕蒂与神父逐字逐句地商议，”他继续说，“他叮嘱我不要带刀带枪，因为鬼魂容易受惊吓。随后我们便出发了。”

堂·艾斯比利都以哀求的眼神往厨房的方向看了一眼。为安抚他，记者点头应允，又上了点朗姆酒。

主人公赶走几只苍蝇，把椅子摆舒服了些。

“您知道吗？堂·马丘卡抽了四分之一成。”

他继续解释，想要说服我，或者想说服自己："不过，除了他，也没别人能来帮我沟通了。"

他总结说："我觉得也不过分。"

午夜时分，幽灵现身。

一束光透进大树的枝丛，穿过茂密的树冠，蜿蜒行进。两位闯入者往回跳了一步。随后，那束光停下来，往后退，又躲回树里。

堂·马丘卡把堂·艾斯比利都当作盾牌，躲在他的背后，探出头，哀求道："神父啊，您别走。"

没过一会儿，一个高大的白色身影斜倚在树干上，说：“行吧。”

福瑞·伊诺森西奥的嗓音因他离世已久而显得疲惫不堪，但听起来仍相当自然。

堂·马丘卡提出那件事。

“行吧。”躲起来的那道光说。

堂·马丘卡想说得更具体些，神父又回了一句：“行吧。”

堂·马丘卡一直躲在他的客户背后，他低声说：“您就开个价吧。”

于是，堂·艾斯比利都应允：“为了拯救您受苦受难的灵魂，我答应每天为你做七次带安魂经的弥撒，盖十四次遮尸布，念诵二十一遍玫瑰经，直到您的灵魂重获安宁。”

那束光闪了闪，便消失了。堂·艾斯比利都用指关节敲打木棉树干，问：“伊诺森西奥神父，您在吗？”但无济于事。

雾气腾腾的新菜肴开始陆续上桌，堂·艾斯比利都仍继续讲述。此后，他来来回回了很多次，终于，某个晚上，鬼魂又出现了，他用白色的手指在黑暗中勾出冒着汽的记号。堂·马丘卡解释道：神父要求，地下宝物所得的百分之五十要归他所有，而且要免税，不沾灰尘和草屑。最后，他妥协到百分之四十。

“您觉得怎样，过分吗？”记者问。

这位宝物猎人握着一勺硕大的红豆，停在空中。

“您说呢，您跟死人争论过吗？”

堂·艾斯比利都尝了口肉丝，泡满了番茄、辣椒和鸡蛋做成的汁水，与此同时，又一杯朗姆酒放在了菜肴间。

在约定好的时间，他们穿过停尸场，那里埋着修道院神父的尸骨。神父的鬼魂并没有发出锁链拖拉的声响，确切地说，他在飞。

“跟着我，孩子们。”他命令道，手里举着一大根焦油蜡烛。有四个人跟着他：他孙子的孙子、渔夫、堂·马丘卡和堂·艾斯比利都。

神父伊诺森西奥戴了顶卡梅尔山圣母[1]的假发，好掩藏自己的年岁。他穿过重重墙壁，仿佛只是拨开雾气，为随行之人开路。

他们来到修道院废墟的尽头，再下到它的深处。在一个死角里，也是唯一一个不会被石头表面的水珠沾湿的地方，神父说：“就是这里。”

---

1 圣母玛利亚的别名之一，因以色列的卡梅尔山而得名。

挖掘的时候，所有人都站着。

盯着。

没人帮忙，堂·艾斯比利都包揽了挖掘的活，累得直不起腰。当挖出的坑比他还高的时候，他的铲子碰到宝箱上，坏了。

没有什么珍宝。坑中全是硬币：盎司、卢比、皮阿斯特[1]、多乌隆[2]。有爱琴海的（塔兰特）、波斯的（德拉克马）、埃及法老的（登比尔）、科尔多瓦哈里发的（迪拉姆）、西西里岛的（镑）、罗马的（德纳利奥），有佛罗伦萨的（弗罗林）、阿拉贡的（杜卡多）和卡斯蒂亚的（马拉维迪）。

堂·埃斯比利都咬起香蕉片般的金币。

“知道我摊到多少东西吗？这么多。”他说，从破烂不堪的衣服里掏出一幅小肖像。

“没有人想要它。”他说。

记者拿起它瞧了瞧，它也看了看记者：蓝花楹木上的圣女雕像，不好看，还被

1　皮阿斯特（Piastra），埃及等国的辅币。
2　多乌隆（Doblón），西班牙古金币。

虫蚀过。圣女没有眼睛，但却看着他。

“啊！”挖宝人叹了口气，咧嘴大笑：芳香四溢的炸肉来了。

“我不明白，”记者说，“还请您见谅。”

堂·埃斯比利都吧唧着嘴，专心享受自己的美食。

“你这么努力，为了什么？我不明白。”

堂·埃斯比利都挥动一块排骨，指向记者的胸部，说：“小伙子啊……”他继续吃，记者也没有说话。

过了好一会儿，堂·埃斯比利都举起一只鸡腿。“我去找宝物，”他说，“然后就找到了，是我找到的。”

“这没错，那您用它们赚到什么？”

挖宝人边吮手指，边说：“惹上霉运的人，自然就躲不开了。”

地方上的所有人都跟他打招呼。跟这么多人握过手后，他的手就像老刀那样，被磨得既粗糙又锋利。

享乐的日子持续没几天，成功的猎宝人便又过上了穷困潦倒的生活。没过多久，卡罗尼河经济发展女性委员会和动物穷人保护协会公开抨击他吝啬，罗马神父告他偷盗。很快，整个地方就传言说，这位百万富翁在没人知道的地方重新埋下了那一箱子的宝物。

一条流浪狗在餐厅门口挠了挠背，走过来，在桌子附近躺下。堂·埃斯比利都收下一盘水果，用刀子划开一个熟透的菠萝。

“还有件事我不明白，”记者不依不挠地问，“他们自己怎么不去挖呢？”

记者用两根手指，从堂·埃斯比利都用胳膊护住的水果盘中冒险地取出一颗葡萄。

“我说的是他们，他们明明知道哪里有宝物，为什么要等这么长时间？为什么非要等到您出现？”

堂·埃斯比利都挠了挠那几天没刮的胡须，嘴里的水果把腮帮子撑得鼓鼓的。

“为个屁啊！”吃完东西后，他晃了晃脑袋说，“还不是因为他们相信诅咒。”

他的嘴里塞满了欧查果，吐出几粒籽。

“他们认为，挖宝会带来不幸。”他笑个不停，边咳嗽边说：“您看，就有这么迷信的人，不是吗？”

记者也想抽烟，可堂·埃斯比利都嘴上叼着他的最后一根烟，正吞云吐雾。

一只蚊子老在记者耳边嗡嗡作响，还叮了他一下。

有人在吹口哨。

躺在地上的那条流浪狗，用眼神追踪着种种行迹：烟雾的，蚊子的，口哨的。

窗口：遗产

博拉·波尼亚不仅塑泥巴，还造孩子。她是技术高超的陶艺工人，也是马尔多纳多市[1]的乡村教师；夏天的时候，她还会向游客兜售盆盆罐罐和涂有巧克力酱的吉事果。

博拉收养了一个黑人婴儿，像亲生儿子般养育他。这个婴儿出身贫寒，跟许多孩子一样，才来到世界，就注定食不果腹。

她去世时，他已经长大，有份工作。博拉的亲戚告诉他："到家里看看，把你想要的都拿走。"

他出来的时候，胳膊底下夹着她的照片，随后消失在路上。

1 马尔多纳多市（Maldonado），乌拉圭城市。

故事：饥饿的救赎

最后一只公鸡也做成了汤，它的遗孀们正在刨地找谷子吃，但找到的都是些垃圾。

整个村子行将消亡，人们身无分文，连小贩难得路过，他们也掏不出钱来买东西。小贩只好拿走他们仅有的物品：女人削光头发，男人只剩下一个肾。

深夜，菲力辛多去打捞东西，缓解饥饿。当他走向河边时，突然长出一片丛林，把他围困起来。那些带刺的根茎挡住他的去路，向他进攻，他挥动大刀来保护自己，但是，那些被砍断的枝椏重新粘在一块，压弯的杂草又立了起来。就在大山慢慢吞食他的时候，一长条火焰突然窜出来，在草丛中为他开辟了道路。

火焰把草丛分成两半，朝地平线一路狂奔，不可阻挡，然后在很远的地方，化成了一道彩虹。菲力辛多坐在一堆掉落的黑莓里一动不动，看到彩虹斑斓的长尾巴在夜色中绽放，目瞪口呆。

第二夜，菲尔辛多走在去往希罗西斯[1]酒吧的路上。这家店很久以前是卖玉米饼的，叫做厄尔阿琪米斯塔[2]，那会，这个村子的人们还吃得上饭。正当菲尔辛多走着的时候，一个陌生人从峡谷里出来，和他一起走。

这位路人闪亮极了，从未见过的闪耀夺目：他穿着纯金服饰，巨大的宽沿帽上镶有钻石，遮着他的脸。他走的时候不看路，但是步伐坚定。虽然天很黑，但是菲尔辛多猜到，他的一只脚穿着马靴，另一只则是马蹄。

他们没有任何交流。走到半路的时候，路人停下来抽烟。他没有邀请菲尔辛多，但他抽烟的方式引起了菲尔辛多的注

---

1 希罗西斯（Cirrosis），西班牙语里意为“肝硬化”。

2 厄尔阿琪米斯塔（El alquimista），西班牙语里意为“炼金术士”。

意：那个男人从耳朵上拿下一枚硬币，用指甲摩擦它来生火。烟点着的时候，他的衣服，从唯一的靴子到嵌满珠宝的哈里斯科[1]草帽，全都在闪耀，像炭火那样。

菲尔辛多想上前借个东西，这一刻，从某间屋子里恰好传来公鸡的啼叫声。那是村里最后一只公鸡，面临被宰杀的命运。啼声就是从这个亡者口中发出的。但它叫得绝对不合时宜，纯粹想要搅局。打破黑夜的咯咯声才响起，那位奢华绅士就消失在丛林里，火苗在枝叶间熄灭。

1 哈里斯科（Jalisco），墨西哥东南部州名，意思是“沙地”。

此后再也没有人出现，就这样过了一段时间。菲尔辛多在草木丛中游逛，试图在空气中寻找火光的痕迹，但他没有如愿以偿。他没法睡觉，没法钓鱼，什么都没法做：该死的火花夺走了他的所有足迹。

终于，光芒回来了，来自一位在山顶上闪耀着黑光的女子。她打了顶黑色的丝质阳伞，来遮挡月亮的冰冷光线，一块黑色花边的丝巾遮着她的脸。微风轻轻吹动丝巾，她露出了嘴唇。菲尔辛多吻了上去。

"谢谢。"属于黑夜的女士声音沙哑地说道，嗓子像是被糟糕的生活折磨过。她又重复了一遍："谢谢。"

她那砂纸般的声音被情绪揉碎了。魔鬼是个可怜的家伙，注定只能让人心生恐惧，而菲尔辛多是唯一一个既不被吓到也不咒骂他、不告发他，不用灵魂来换取权力和财富的人类。

"我是来给你礼物的。"粗糙的声音从黑色的丝巾后面传来。这份礼物是逃离苦难的方法。

"有个地方人们过着不一样的生活，"她在他的耳边，揭示道，"而这个地方就在这里。"

"可我是穷人。"菲尔辛多说。

"不，老兄，财富都在你的周围。"

她的黑色手套指了指身边的一切："嘿，老兄，您看到什么？"

菲尔辛多看看周围破碎的旱地。

“石头。”他说。

第二天，菲尔辛多装满一袋子的石头，驮在背上，启程去往瓦哈卡城[1]。

他走了几天，背上的重量压弯了身体。于是，他在城郊的市场上席地而坐，叫卖起他的货物。他从天亮开始，就竭力叫喊着：“石头！石头！”

没人买。

夜晚降临，他自认失败。他收拾起这些货物，驮上，石头在背，灵魂在脚，离开已经空荡荡的市场。

他开始返程。夜晚温度很低，菲尔辛多颤抖着，因为寒冷，也因为孤独。在离开城市的道路上，他看到一个人影。那是位老妇人，吃着玉米饼，裹着长披肩，汽车从她身边驶过，还弄脏她，但她毫不在乎。月光下，他只看到她的嘴巴在动。老妇人给了菲尔辛多一些玉米饼，还给了他一个面具来阻挡寒风。

“用来遮脸吧，那是裸露最多的地方。”

戴上面具的菲尔辛多继续赶路。他在田野中走了很长时

1 瓦哈卡城（Oaxaca），墨西哥南部地名。

间，来到山的背面时，他看到几块岩石间有火。于是，他把背的东西放到地上，在靠近火焰的地方倒下，睡了起来。

菲尔辛多没有看到，还有别的人在暖火旁安睡。这些人醒得比他早，在清晨的第一缕光线下看到菲尔辛多，嚎叫了一声："魔鬼！"便瞬间消失在地平线上。

这番喧闹让菲尔辛多跳了起来。他看见那些人在飞扬的尘土中跑了，而在近处的草地上，几头骡子在吃草。

骡子的鞍囊上挂着些金块，那是强盗们从银行抢来的，现在也被他们抛下了。

菲尔辛多踏上回村的路，衣锦还乡，几头骡子拖着一辆载满财宝的大蓬车。

但是，村里没人，所有人都被吓跑了，包括菲尔辛多的妻子。就连这么一位刁钻狡诈、还爱闹事的女人，在看到他的时候，也大叫了一声，跑去找十字架了。

菲尔辛多试图用指甲抠下面具，还试过用水和烧酒，用洗涤剂和钢

丝球。

直到如今，他还想把面具摘去，每天照镜子时他都能看到它。

他安慰自己，几乎全世界的人都有同样的问题，他知道的。

窗口：面具

厄尔涅多·加尔西亚[1]在澳大利亚假装发疯。

日暮时分，他看见太阳在墨尔本熄灭，而在蒙得维的亚，太阳正燃烧起来。那一刻，他决定变成一个疯子。

他开始胡言乱语，萌生幻觉。他朝空气挥拳，与看不见的敌人争斗；他几天几夜不合眼，靠坐在一堵墙上；他拒绝说话，说是因为疯魔会钻进他张开的口中；他拒绝睡觉，害怕会在晚上发疯而死。他吃过药，打过针，也接受过电击。他过了四年完全反常的生活，终于，澳大利亚的医生们确信，他已无药可救。

就这样，厄尔涅多获得一张回家的机票，还获得一份丰厚的退休金，在剩下的时光里他都无需工作。当他最后一次在墨尔本家中照镜子时，他朝镜子里的疯子说了声再见，然后上了飞机。

---

1 原名爱德华多·加尔西亚，乌拉圭前足球运动员，绰号“厄尔涅多”，西班牙语里意为“扁鼻子的”。

他来到日思夜想的故乡。

他在蒙得维的亚四处寻找。他寻找童年的家，可那儿已是一家超市；他第一次做爱的那块荒地，已变成一片停车场；他寻找朋友，但都已不在。他找自己，找了又找，但在哪儿都没有找到，于是，他心生疑问：“留在墨尔本的那个人该是谁呢？是疯子，还是我？”

一年一次，仅此一次，厄尔涅多会在镜子里认出自己。随着炮声和鼓声响起，狂欢节到来，厄尔涅多会认出自己。那时，镜子投射出他那街头艺人的脸庞：小丑的鼻子，涂在嘴唇上的大笑容，眉间的月亮，整张脸上散落的星星。

故事：逃跑的艺术

“布里迈洛[1]，看。”

“说，塞古达[2]。”

她把双筒望远镜递给他。这位图库曼省[3]的主人从高处 望，看到一只罗圈腿的“昆虫”，似乎迷失在广袤的红色土地上。“昆虫”慢慢变大，不久，望远镜里出现的是一个小小的男人，他不幸交上了厄运。

就在那时，堂·布里迈洛发现自己的女儿多洛莉斯站在那底下，在平原间一动不动，等着那个倒霉的男人。

坎塔里西奥·加兰特像疯子一样迈着步子，从蓝色的山丘来到这里。他没有摘去头上的帽子，也没扔掉嘴里衔着的已经熄灭的烟头。多洛莉斯看着他的脸，但他没有看她，因为她太美了，看她会刺痛他的眼睛。坎塔里西奥看着地面，睫

---

1 布里迈洛（Primero），西班牙语里意为“第一个”，阳性形式，此处特指某男性。

2 塞古达（Segunda），西班牙语里意为“第二个”，阴性形式，此处特指某女性。

3 图库曼省（Tucumán），阿根廷西北部省份。

毛僵直。但是，他的眼神慢慢跑开，沿着女孩儿的影子，来到她的脚踝。他不禁想要多瞧几眼，眼神慢慢上挪到她的双腿，微风吹过，她那麻布衬裙下的双腿隐隐凸显。

他们没有肢体触碰，也没有言语交流。

堂·布里迈洛狂怒地大笑，然后边敲击自己的头，边冲着他破口大骂：胆大包天的小子，没用的东西，男人的奶头；但没有杀死他。作为法律的颁布者，布里迈洛完全可以将那男人判处死刑，但他没有这么做，而是向那个男人提了三个要求。

堂·布里迈洛让他用癞蛤蟆的羽毛把一个枕头填满。

坎塔里西奥在座位上嘟哝："从没见过长羽毛的癞蛤蟆。"

但是，多洛莉斯走到湖边，那儿住着五十只癞蛤蟆，来自遥远的帕拉贝蒂河[1]。

那条河里，曾有一只癞蛤蟆向鸵鸟提出赛跑的挑战。鸵鸟迈出几大步后，就看不见它的对手了，于是回头，想寻找对手的踪迹，结果癞蛤蟆已跳到了很前面的地方。在那场比赛持续期间，这样的情况发生了五十次：鸵鸟寻找落后的癞蛤蟆，可每次都发现癞蛤蟆出现在它的前方。最终，精疲力竭

1 帕拉贝蒂河（Río Parapetí），玻利维亚的一条河，发源自安第斯山脉。

的鸵鸟为了偿还它的失败，交出了所有的羽毛，赤身裸体。在竞跑时不断相互交接而胜利的五十只癞蛤蟆，随后在一个湖里定居下来，多洛莉斯前去的正是那个湖。她向它们诉说爱情的悲痛，于是，它们把战利品送给了她。

坎塔里西奥遵照命令，把填满癞蛤蟆羽毛的枕头上交。这时，堂·布里迈洛又要求一个装满鸟儿眼泪的大瓶子。

坎塔里西奥对着地面嘟哝："从没见过会哭的鸟儿。"

多洛莉斯坐在他身边，面朝天空，思绪行走在云朵间。在天堂的草原上，有马儿在驰骋，它们拥有女人的头发和蛇的尾巴；在天堂的海洋里，有船在航行，它们挂有帆和旗。

突然，多洛莉斯跳了起来，指向一片云。那片云正缓慢地漂浮着，张开翅膀。

当这片云哭出雨，她拿瓶子接满了它的泪水。

坎塔里西奥用抹布擦一把剑，这是最后的考验。堂·布里迈洛要求，到半夜的时候，剑上不能有任何污迹。但是，血斑总会回来。每次用布把剑擦干净后，剑刃上又会渗出血迹。

"他会用这把剑把你杀死。"多洛莉斯猜测。于是在半夜来临前，他俩就逃跑了。她在房间的地板上挖出七个小洞，又在每个小洞里吐了一滴口水；走的时候，她带走一把剪刀、一把灰、一把盐、一把梳子和一面镜子。

堂·布里迈洛问了七次：“你在吗？”

她的口水回答了七次：“我在这儿呢。”

第八次的时候，她父亲把门推倒。

他骑着黑色的母猪追捕他们。

母猪飞的方向非常精准，毫无偏差。虽有暴雨和惊雷阻扰，月光还是揭露了他们的踪影，逃跑的人看到母猪正在跑来。这时，多洛莉斯投出那把剪刀，刀尖端下，插在了路上。剪刀落下的地方，耸起一排山脉，山顶被削得很尖。

天亮时分，追捕猎物的巨大响声把他们叫醒。当母猪在山上出现，向他们全速飞奔而来时，多洛莉斯撒出那把灰，于是，这一天雾霾弥漫。在雾帘的掩护下，他们得以逃脱。

多洛莉斯拖着她那罗圈腿的爱人奔跑着，但是，坎塔里西奥却屡次三番地绊倒，任自己倒在牧草上，想要亲吻，想要抽烟，想要盖在帽子下小憩一会儿。

他们再次听到吼叫声。母猪和骑在上面的人，就像是吼叫的漩涡，盲目地向着地上模糊不清的人影冲过来。这时，多洛莉斯掷出那包盐，然后，冰雹如洪水般倾泻而下，暂时阻止了这场拦截。

坎塔里西奥一路颠簸，气喘吁吁，受尽折磨，精疲力竭。这位勇敢的情郎已经准备把他最珍贵的东西还给堂·布里迈洛，脑中不断地排练着一场呼唤国家和解的演讲，想象着把和平鸽放飞天空，让石头落泪。但是，多洛莉斯把他扶起来，摇他，推他，说宁可两人一同死去，也不愿各自苟活。

母猪再次回到战斗中，炮弹纷飞，多洛莉斯扔出梳子。顷刻间生出一片森林，枝叶繁茂，穿过这个世界，一直延伸到地平线。

很长时间里，母猪都在吞食那丛丛密叶。当吃完最后一根时，它重新飞动，干渴地嘶叫，风在它的肚子底下钻过，发出鸣声，堂·布里迈洛牢牢抓着它的脊背。这时，多洛莉斯投出镜子，世界上裂开一片湖，跟大海一样广阔。

堂·布里迈洛踩了下马刺，却徒劳无功，嘴里冒出咒骂的话。母猪只顾着投入地喝水，失去了惩戒犯人的兴趣，任由他们逃出视线。

艾娃夫人，坎塔里西奥的母亲，看到多洛莉斯从很远的地方随她儿子而来，她丝毫不感到惊讶。她很清楚，这世上没有女人值得拥有像他儿子这么珍贵的宝物。为了证明这点，她在门厅扔了一把扫帚。

但是，多洛莉斯不仅没有不理会那把扫帚，反而抓起它，把家里打扫了一遍。她不仅打扫了家里，还打扫了邻居家、整个村、隔壁村和这一带。

神父主持了他们的婚礼。人们欢庆这场盛事，放肆喝酒，享用盛筵，奉上蜂蜜、红酒和斯科特乳[1]。

1　一种富含鳕鱼肝油的维他命饮料。

如果这个村有日报的话，那上面一定会有这样的报道：在快乐的婚礼后，多洛莉斯·布里迈洛和坎塔里西奥·加兰特组成幸福的伴侣，他们在庄严的庆典上把自己年轻的生命永远地缔结在一起，于全能神面前封印了他们的命运，直到死亡两人才会分离。

第二天，坎塔里西奥用餐纸造出一艘小船，任自己漂离而去。

就在他准备沿着小溪朝河流的方向逃走的时候，多洛莉斯抓住了他。

窗口：运气

圣·胡安节[1]的前一日，人们在波多黎各岛的岸边点燃火焰。

那晚，人们把背部沉进海水里，驱散不幸和坏运气。适婚的女孩们在睡前吃下一枚蘸有很多盐的鸡蛋，为了在梦中有人能给她们带来清爽的水。

圣·胡安节的晚上，无花果、薄荷和竹子都会开花；天亮的时候，人们就会出动，去寻找这些辟邪物。

1 基督教节日，每年夏至日（6月21日）庆祝。人们通常会点燃火焰，以便在日后白昼变短、夜晚变长的日子里，助长太阳的威力。

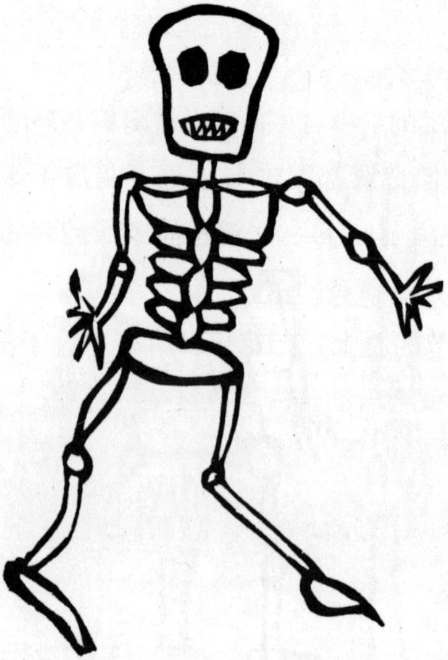

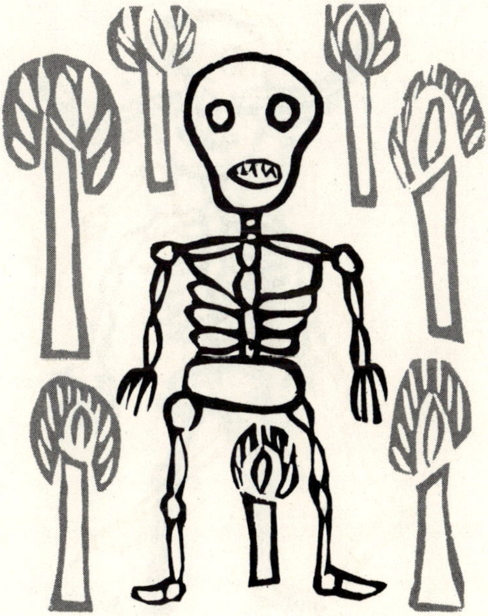

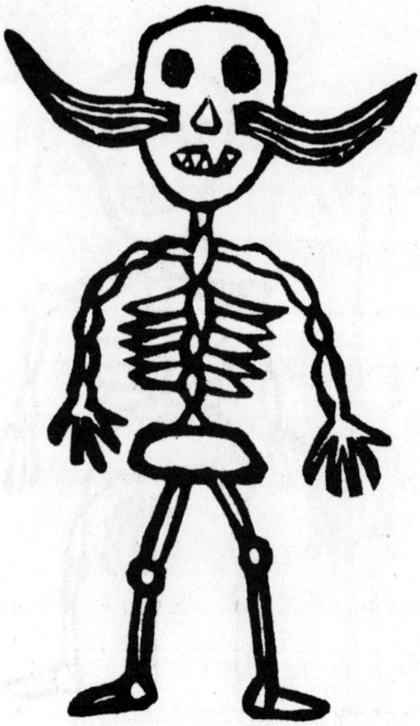

故事：堂·穆埃尔特[1]、伤心女人和美洲鹫

她的灵魂掉落了，无处可寻。莫拉[2]再无活下去的欲望，明白人都耸了耸肩：

“爱情里的痛苦，医生也无药可救。”

女子独自唱起了心碎的歌，不为任何人。

她唱了三遍。第三遍的时候，一阵哼鸣隐约响起，回应她那不幸的歌声。声音来自对岸，莫拉踩着石头，穿过乌衣奇洼咽河[3]。

她全身都在痛，甚至头发也在痛，但是，她仍追寻那回应的歌声，起初还响着，然后逐渐远离，最后消失。她跌跌撞撞地追寻，月色稀微，让她一路磕绊。一山接着一山，一里接着一里，除了盘旋在山丘上的猫头鹰，没有别的陪伴她。

最终，她终于找到她的歌声曾抵达的地方，随即她进入

1 穆埃尔特（Muerte），西班牙语里意为“死亡”。

2 莫拉（Mora），西班牙语里意为“桑葚”。

3 乌衣奇洼咽（Huichihuayan），墨西哥地名。

黑暗中。

一具会说话的骷髅欢迎她的到来："这是您的家。"

岩洞里面，蜡烛闪着光。成千上万的蜡烛，各种尺寸，各种颜色：有高大的圣火，火苗刚刚燃起，有火光饱满的大蜡烛，剩下的是些烛芯很短的蜡烛，滴着蜡，没有颜色，也没有温度。

燃烧自身的蜡烛布满洞穴的整面墙壁，顶上的阴影忽明忽暗。乌埃乌埃特兰市[1]的整片区域都活在这巨大的光亮里，没有人例外：那里有穷人和富人，有新来的人和疲倦的人，有

1 乌埃乌埃特兰市（Huehuetlán），墨西哥城市。

一丝不挂的人和悉心装扮的人。

“地下是没有王冠的，”骷髅说，“不管是金子做的，还是荆棘做的，都没有。”

骷髅鞠了个躬，自我介绍：“拉伊瓜拉多拉[1]，拉佩罗纳[2]，拉卡拉卡[3]，拉佩斯托索[4]，拉拉斯帕[5]，拉迪安托纳[6]，拉特姆卜莱盖[7]，拉乞斯弗斯卡[8]，拉提斯纳达[9]。”

他接着用甜到发腻的声音，澄清说：“他们都给我取了这些女人的名字，不过，你可别就这么想我。”

每走几步，这些火焰的主人就会停住，然后吹气。他想在哪儿吹气，就在哪儿吹，然后那束光亮就会永远地熄灭。他指着一支忽燃忽灭的高大红色蜡烛，问道：“这犹豫不决的火焰，你认得吗？”

莫拉的血液冷了下来。

---

1 拉伊瓜拉多拉（La Igualadora），西班牙语里意为“捍卫平等的女人”。

2 拉佩罗纳（La Pelona），西班牙语里意为“秃的女人，穷的女人”。

3 拉卡拉卡（La Calaca），西班牙语里意为“骷髅，头骨”（墨西哥土语）。

4 拉佩斯托索（La Apestosa），西班牙语里意为“烦人的女人”。

5 拉拉斯帕（La Raspa），西班牙语里意为“粗鲁的女人”。

6 拉迪安托纳（La Dientona），西班牙语里意为“牙齿大的女人”。

7 拉特姆卜莱盖（La Tembleque），西班牙语里意为“颤抖的女人”。

8 拉乞斯弗斯卡（La Chirifusca），西班牙语里意为“骷髅，头骨”（墨西哥土语）。

9 拉提斯纳达（La Tiznada），西班牙语里意为“喝醉的女人”。

她从没有忘记，早在童年的时候，她就在宗教游行中见过他。当时，莫拉还是瓜达卢佩小圣女[1]，坐在铺满花朵的神位上，赤裸的身体裹着白纱，眼睛看着天，双手在祈祷。而骷髅突然从祭台上的棕榈叶间出现。骷髅用一只眼睛向她使了个眼色，小女孩儿便圆滚滚地摔倒在地。

而现在，她的双腿已把她带到死亡的国度，她下巴止不住地颤抖，发出脆响。

那副杏仁糖做的头骨发出一阵歌剧般的笑声，然后走开。莫拉可不喜欢这样突然出现，还阴森可怕、男女不明的家伙。

过了些日子。

莫拉依旧被囚禁。堂·穆埃尔特殷勤地引诱她，用糖果做的牙齿、巧克力做的胡子：他为她终结所有的苦痛，为她送上香吻，让她经历过或还未经历的吻都黯淡无光。他边低声说话，边用瘦骨嶙峋的手编织长长的黑色花环，还用黑曜岩雕

1 1531 年 12 月，在墨西哥特佩亚克山，“圣母玛利亚”连续多次显现给一位名叫胡安·迭埃戈的印第安青年，天主教徒将显灵的“圣母玛利亚”称为瓜达卢佩圣母，现在成为墨西哥人信仰的一大支柱。

琢和打磨出一个女人身体形状的十字架。

洞穴里的水塘是唯一的镜子，但是莫拉不敢看自己，因为水塘会把她的脸庞一饮而尽。

堂·穆埃尔特命令莫拉去荒山野岭奔走，还让她在土壤和阴影都绝佳的角落，用指甲挖出一个墓穴。

莫拉想要逃跑。她刚想到这儿，土地就裂开。伴随着巨大的嘎吱响，一个巨大的悬崖出现在她的脚下。

莫拉哭了，放声大哭。

就在这会儿，有阵风吹过，随性地吹。受罚的莫拉居然为出生于世而感到惊异，好奇起活着的意义。该怎么生活，就怎么生活，管它在哪里，管它活多长时间：蝴蝶的几小时，苍蝇的几天，乌龟的几个世纪。

然后，她大叫。巨大的白胸美洲鹫从高处听到她的叫声，飞下来，在她身边着陆。

莫拉用自己的头发换下美洲鹫的羽毛，用自己的胳膊换来美洲鹫的翅膀。

她很害怕，前方裂开的深渊让她惊恐不已。她迈出几步，想要助跑，可到悬崖边上时，

又退了回去。就这样，她一会儿进，一会儿退，直到黑美洲鹫用力推了她一把。她在全速下坠的时候撑开翅膀，在空中飘了起来。她太快乐了，连自己都羡慕起自己。

跟记忆一样，美洲鹫会吞噬死去的人；跟记忆一样，美洲鹫也会飞。

那只美洲鹫习惯吃尸体，好让自己的翅膀充满力量。它高兴地进入洞穴，所有歌唱无药可救之痛的歌声都可以在这里找到归宿。

堂·穆埃尔特看到有人影过来，女人的头发，沿着蜡烛而摇曳的女人身影，他扑了上去。

但一贯都是美洲鹫先亲吻死者的。它把有力的喙埋入这位死者的嘴里，撕咬，吞下。它边吃边流眼泪，因为这个看起来甜美的死者，实际上比魔鬼大菜园里的哈瓦那辣椒或者其他辣椒还要辣。

窗口：镜子

太阳照耀着，带走黑夜留下的阴影。

马车挨家挨户收垃圾。

蜘蛛在空中吐丝结网。

多尔尼奥[1]在梅洛市[2]的大街上行走，这里的人们都觉得他是疯子。他手里拿着一面镜子，眉头紧皱地看着自己。他的眼神没有从镜子上离开过。

“你在干嘛呢，多尔尼奥？”

“我在这儿，”他说，“监控着敌人。”

---

1 多尔尼奥（Tornillo），西班牙语里意为“螺栓”。

2 梅洛市（Melo），乌拉圭城市。

窗口：死亡（一）

海伦娜·比利亚格拉无法睁开眼，因为她的双眼正在燃烧。她擦了擦眼皮，睫毛就掉了下来，眉毛也跟着脱落。她在一个影院里。最后，当她可以看见的时候，看到的是块黑色的屏幕。

窗口：死亡（二）

阿尔贝托[1]的骨灰埋在图库曼省的土地里，阿尔贝托的骨灰已在那儿的绿丛中生长着。

海伦娜继承了他的帽子。海伦娜睡觉的时候，阿尔贝托的帽子也在睡觉；在海伦娜的梦里，帽子也做着梦。

帽子梦见海伦娜蜷缩在帽顶里，自己则振动翅膀，旋转，载着她四处飞翔。

她醒来时，因为转了太多圈，已经头晕眼花。

---

1 阿尔贝托（Alberto），阿根廷哲学家。

故事：曾是老虎的牧人

不可置信的是，他曾是位高权重又神秘莫测的人。他的眼神能让伤口裂开或者愈合，也能让小动物和基督徒醒来或者昏倒。再难驯服的小马和再健硕的公牛，只要被他的眼睛盯住，就会变傻。

本多拉[1]来自米纳斯吉拉斯州[2]，是一位闲游的牧人，走起路来健步如飞。他有很多条路可走，有很多女人相拥，但没有一个家。

---

1 本多拉（Ventura），西班牙语里意为“幸运”。

2 米纳斯吉拉斯州（Minas Gerais），巴西州名。

他只认得一个朋友，他俩就像一个绳结的两个绳头，志趣相投。

他们在旱地闲逛，几天不吃一口东西。为了捍卫某个消失的缘由，他们失去了马，也迷失了方向。没东西可吃：只有小蜥蜴、芒刺和没有果实也没有树阴的灌木丛。本多拉习惯饿肚子，但他的朋友可再也忍受不了。当朋友倒在这荒无人烟的土地上，快要死去的时候，本多拉变身老虎，准备拯救他饥饿的朋友。

变身老虎前，他把一片蓝色树叶交给朋友。树叶来自不知名的树木，尖端呈星形。他对朋友说："我回来的时候，你把这片树叶放在我的舌尖上。"

他还说，除此之外，就没有别的办法可以变回人形。

他走得远远的，整晚都在捕猎。

黎明时分，他迎着第一缕白光，驮着一头鹿归来。当朋友看到他过来，看到那头咽口大开的老虎过来的时候，惊恐万分。老虎眼看着他逃跑，却没有追上去。

老虎所到之处，没留下任何活口。他砸碎石头，摧毁山峰，推倒悬崖。他躺在高高的牧草间，抬着

头，嗅着风，悲伤地怒吼。没有人睡得着。

这番困扰持续很久。一支兀鹫组成的军队追踪他的行迹，告发给追捕他的人类军队。

包围圈渐渐收紧，马群的汗水，战争预备时的震响，人声和狗吠的轰鸣，直到某个满月之夜，老虎最后一次跃向高空，嘶吼，倒地。他因中弹过多已经死去，但本多拉的朋友还把步枪的枪口塞进他嘴里，扣动扳机。

本多拉在很远的地方醒来。醒来时，全身都是干了的血污，从帽子到双脚都疼痛不已，就连呼吸也会痛。他走路十分吃力，巨大的影子摇摇晃晃。他记事也很费力，什么时候？哪里？是谁？月亮高挂，邪恶。夜幕降临，他的身体也被黑夜笼罩，夜晚不再属于爱情，也不属于战争。他的双眼已失去表达的能力，只剩耳朵还能听见死亡的滴答滴答声。这婊子养的生命，没有火焰燃烧的生命。苟且偷生？明明是苟且死去。愿上帝把这团灰烬吹散吧。

本多拉沿街走来，身上沾着白色的尘土、黑色的污垢和红色的血迹。在疼痛的重压下，他艰难地拖动步子，双腿快要支撑不住那千疮百孔的巨人身体。本多拉穿过市场，对商贩们的叫喊充耳不闻。他眨着眼睛，在最尽头最尽头的地方，隐约看到一家饭馆。饭馆的石灰外壁在群山的龙头底下闪闪发亮，更近些，连那些拴在栅栏上的马儿流的汗水也在闪耀。

门廊下，一位盲人歌唱着新鲜事，他嘴里唱的是他耳朵看到的东西，边唱还边用一个铁皮储蓄罐打着拍子。盲人还唱起了民谣，关于那头可怕的老虎和这些土地受到的诅咒，说老虎死去更成祸害，需要更多人命来偿还。

本多拉颤抖着提了提破损的帽檐，擦去模糊了视线的汗水，然后，看到挂在电缆上的老虎皮正被晒干。虎皮上的洞眼数也数不清，子弹孔太多了，连给翠鸟留下的食物都没有多少。

然后，他走进饭馆里。

他的朋友看到他过来，看到他弱不禁风地过来，装满甘蔗汁的杯子从手指间滑落，碎在地上。

所有人都闭嘴不作声，一切都安静下来。

窗口：错误

长夜漫漫、刮着寒风的时候，发生了这么一件事：一个上午，我家院子里的栀子花开了，冰冷的空气里溢满它的香味，那天，洋李树也开了花，乌龟也醒了过来。

这是个错误，持续的时间也不长。但是，多亏这个错误，让栀子花、洋李树和乌龟得以相信，某个时刻冬天就可能会结束。我也如此。

故事：失去一只爪子的鸟妈妈

她的孩子们已经破壳而出，探着头在巢里叫喊；而坦吉塔[1]飞出去给他们找吃的了。科尔查瓜省[2]正值冬季，大雪冻住她的一只爪子。鸟儿抗议道："为什么把我弄瘸？"

大雪说："因为太阳把我融化。"

坦吉塔抱怨太阳，太阳说："因为乌云把我覆盖。"

乌云说："因为大风赶我过来。"

大风说："因为墙堵我的路。"

墙说："因为老鼠在我身上打洞。"

老鼠说："因为猫要吃我。"

猫说："因为狗儿追我。"

狗说："因为棍子打我。"

棍子说："因为火要烧我。"

火说："因为水要把我扑灭。"

1 坦吉塔（Tenquita），智利鸟，也称智利小嘲鸫。

2 科尔查瓜省（Colchagua），智利省份。

水说：“因为母牛喝我。”

母牛说：“因为刀要杀我。”

刀说：“因为人要磨我。”

人说：“因为上帝把我创造。”

坦吉塔一路上跌跌撞撞，唱着歌，寻找上帝。上帝听到她的歌声，她便问上帝：为什么他要创造磨刀的人，害得刀要砍母牛，母牛要喝水，水要灭火，火要烧棍子，棍子要打狗，狗要追猫，猫要吃老鼠，老鼠要在墙上打洞，墙要堵住大风的路，大风要赶乌云，乌云要覆盖太阳，太阳要融化大雪，然后大雪就冻住了我的爪子，

“啊，坦吉塔，”上帝说，“我不得不创造人，好让人来创造我。”

窗口：话语（五）

哈维尔·维亚法涅[1]快要说出一个词的时候，那个词逃跑了，找不到了。就到嘴边的词可能去哪儿了呢？是不是有个地方，所有不安分的词都聚在那里？一个丢失之词的王国？那些离你而去的词，会在哪儿等你呢？

1 哈维尔·维亚法涅（1909—1996），阿根廷木偶表演家。

故事：世间之狗的奇遇启示录

“打扰您了吗？”

“怎么会呢。”

“非常感谢。”

“我叫佛罗伦斯[1]，职业是吉他手，很乐意为您服务。”

“很高兴认识您，我叫塞尼撒[2]，职业的话，是狗。”

“喜欢马黛茶吗？”

1 佛罗伦斯（Flores），西班牙语里意为“花”。

2 塞尼撒（Ceniza），西班牙语里意为“灰烬”。

“我不习惯喝。”

“巧的很，我刚刚还在回想那首关于尾巴的民谣。”

“哪首？”

“断了尾巴的小狗，痛苦连连。”

“啊，是的，我也知道：……就像被砍断的尾巴，感受相同。”

“没错。”

“事实上，堂·佛罗伦斯先生，关于尾巴我们知道的很少。”

“很少。人们只知道天上曾有个节日，你们在河里洗澡，不是巴拉那河[1]，而是天堂那儿的一条河。”

“然后，我们就把尾巴放在岸边晾干，湿透的尾巴没办法赶走蚊子。”

“是的，所有尾巴在岸边排成行。”

“之后，上帝给我们开了个玩笑，他命令河水上涨。”

“河水漫了出来。”

“我们得赶紧跑开。在这么绝望的关头，大家首先看到哪条尾巴就抓走哪条。从那以后，我们就东闻闻西嗅嗅，想找回自己丢失的那条尾巴。”

“这已经传开了，堂·塞尼撒。”

---

1 巴拉那河（Paraná），南美洲第二大河，起源于巴西高原东南部，流经巴拉圭、乌拉圭和阿根廷等国。

“人们都相信这个说法，我们也不例外。”

“这众人皆知啊。”

“可其实不是这样的。”

“谁跟您说不是这样的？”

“上帝。”

“啊。”

“我们的上帝，圣狗。”

“那您见过他？”

“看到他的人都会变瞎，但我感受过他。我背对他的时候，有种神圣的感觉。”

“我们的那个上帝很少现身。”

“我们的那个也没这个习惯。”

“可是他挑选了您。”

“对啊，我这个卑微小辈。”

“您的运气真好。”

“您别这么想。上帝派我向世间的狗揭露真相，他告诉我天上从未有过这个节日。”

“然后您通知大家了吗？”

“没尾巴可找这事儿吗？我可什么都没说。”

“我想我明白，堂·塞尼撒。”

“嗯哼，堂·佛罗伦斯。”

“您为什么不说。”

“现在，没有路可以吸引我走下去了。”

“这样啊。”

“之前我喜欢到处走走，兴致很好，哪儿都去。其实，那个时候就没有一条尾巴是我的。”

“那现在……”

“现在，表面上我还去什么地方，可实际上，我是来这个地方。”

“狗一般的运气。”

“狗一般的世界。”

“这就是命啊。”

“堂·佛罗伦斯？”

“您说。”

“替我守好这个秘密。”

“您相信我。”

“当心着凉，堂·佛罗伦斯，保护好喉咙。”

窗口：艺术（一）

在萨拉戈萨市[1]，人们会去一处废墟朝圣，那曾有一座美丽的穆德哈尔[2]塔楼。人们没有为了纪念它过去的模样而重建这座塔楼：它曾经所在的地方已成了一个巨坑，一尊男孩铜像抱膝坐着，看着这个巨坑。

---

1 萨拉戈萨市（Zaragoza），西班牙东北部城市。

2 穆德哈尔（Mudéjar），古代西班牙居住在基督教国王统治区的穆斯林。

窗口：艺术（二）

那时，我还是个男孩，几乎还是个小孩，喜欢画画。我谎报年龄，从而得以混入画裸体女模特的学生中间。

课上，我在纸上随意勾勒，拼命找出合适的线条和形状。那个一丝不挂的女人不断变换姿势，对我笨拙的手来说，她着实是个挑战，仅此而已：她就好比一个呼吸的花瓶。

但是，某天晚上，我在公交站台看到她，那是我第一次看到她穿着衣服。上公车的时候，她的衬裙飘了起来，露出大腿根部。那一刻，我的身体燃烧起来。

窗口：话语（六）

字母 A 有张开的双腿。

字母 M 是在天堂和地狱间来回摆动的跷跷板。

字母 O 是令你窒息的封闭圆圈。

字母 R 明显已有身孕。

"AMOR[1] 里的每个字母都危险重重。"罗蜜·迪亚斯·佩列拉[2] 证实说。

当嘴里蹦出这些词时，她看到它们在空中写了出来。

---

1 西班牙语中"Amor"表示"爱"。

2 巴拿马报刊《星报》作家。

故事：不用鱼叉和鱼钩就被撒旦捉住的海豚

满月照亮了亚马孙的河水。在闪闪发亮的波涛上，一只海豚弓背腾空，献上马戏团的跳水表演。村上热闹非凡，人们大声欢呼，纵情舞蹈，岸边传来音乐爱好者们的喧闹声，呼唤着海豚前往。

从未理睬过海豚的月亮，破例给出许可：那晚，月亮当空时，海豚可以上岸。

海豚赤裸身体，直立在沙滩上，月亮赐给他新的身体和装束。

海豚混入这场盛会。

他戴着帽子跳舞，以防别人发现头顶用来呼吸的小孔。尽管如此，他还是叫人们大为吃惊：所有人都惊讶于他发红的皮肤，还泛着蓝色的光，分得特别开的双眼投过来的目光，一升又一升的纯甘蔗汁也解不了他的渴；所有人也惊异于他跳舞时身体竟能不碰地，沉浸在音乐里，在音乐的海洋里游动。

他抱着一个女人，身体随乐声而起伏。随后，他俩继续舞蹈，不穿衣服，也没有其他人，而音乐就从他们一个又一个的怀抱里生长出来。

他习惯在水里玩耍，却从未在女人的灵魂深处游动过。

他躺在她怀里，突然感到一击，咚，后背传来巨大的灼热感。他回过身，看到一道磷光跃向空中，变出形状，长出手掌、尖角和下巴。这块鲜红色的东西来回摇晃，在黑夜里闪耀着。

“起来吧，你这个闯入者。”它说。

海豚一片茫然，听不懂它在说什么。

虽然有块丝巾保护喉咙免受热带冷空气的侵扰，但这位初来乍到者的声音依旧沙哑。它指指手腕上的表，清了清嗓子：“小畜生，回到河里去，时间到了。”

海豚这才记起来，夜晚很快就要结束，他在陆地上的时间要到头了。他看了看蜷缩在他身边的女人，看了看那像水藻般缠绕的黑色长发，沙哑的声音再次在他的耳边摩擦：“已经不错了。”

它笑了，露出很多牙齿：“多么漂亮的礼物，可只属于今天。受难日的周五，属于我的日子。”

它向那具随着梦境而摇摆的身体伸出爪子，海豚打它，结果只打到了空气。她感觉到一阵微风，眨眨眼睛，继续睡去。

那张网轻轻地摇晃着，依旧包裹着他俩。

魔鬼正在世间试验地狱的刑罚，轻声说出一个谜面：“明天这个女人又将和谁睡在一起？”

随后，魔鬼先是闪了闪，然后消失在黑暗中。那是最后一丝黑暗：黎明那灰色的薄雾已在空气中蔓延。

借来的夜晚，借来的身体。

他咒骂月亮，因为月亮曾经给予他一切；他也诅咒太阳，因为太阳开始夺走他的一切

她在睡梦中嘟哝些什么，一直没有醒，而他则把她紧紧抱在怀里。

他想把她带走，但不可以；他想留下来，但也不可以。

清晨的微风弄皱河水。

离岸边几步的地方，一只海豚奄奄一息。

太阳从天空中升起，唤醒世间的各种颜色和气味。

窗口：世界史

曾经有一次，也是第一次，叫做人类的动物开始直立，四只蹄变成两条胳膊和两条腿。多亏那两腿的支撑，人类的胳膊得到解放，能建造出比树冠和山洞还要好的家；也因为直立的缘故，女人和男人发现，做爱时可以脸朝着脸、嘴对着嘴，体会到双臂相拥和双腿相交时，那眼神相望的快乐。

窗口：话语（七）

当他发现她的时候，他已被囚禁了二十余年。

他从牢房的窗口，挥手向她打招呼，然后，她从家的窗口，回应他。

随后，他用各种颜色的破布和巨大的文字与她交流。这些文字组成的词，她要用双筒望远镜才能看到；而她回答的时候，用的文字更大，因为他没有望远镜。

他们的爱情由此生长。

现在，内拉[1]和内格罗·比涅[2]背靠背坐着。如果其中一个人走开，另一个就会跌倒。

他们在蒙得维的亚的蓬卡雷塔斯区[3]卖葡萄酒，面前是监狱的废墟。

---

1 内拉（Nela），女性名字，意为“上帝与我们同在”。

2 比涅（Viña），西班牙语里意为“葡萄园”。

3 蓬卡雷塔斯区（Punta Carretas），乌拉圭区名。

故事：在高空爱上一颗星又被她抛弃的男人

库斯科市[1]的山谷里有偷盗发生，却没有发现盗贼。

偷盗发生在晚上，发生在种有最好的马铃薯的菜园里。菜园的主人整晚监视，片刻都不闭眼；可就在某个眼皮稍稍垂下的瞬间，马铃薯消失了，犁沟上只剩下些刚被刨过的洞。

某个晚上，那人装模作样。他在刚刚栽种完的土地间，四肢摊开，睡起大觉，边打呼噜边用一只眼窥探四周。过了几个小时，就在天快亮的时候，一阵猛烈的亮光让他跳了起来。

剧烈的光芒让男人看不到眼前的东西。

那不是群男盗贼，是群女盗贼。

他徒手抓住了其中一个，其他女盗贼迅速逃向天空，待

1　库斯科市（Cuzco），秘鲁东南部城市。

在高处，点亮夜的尽头。

被俘虏的那颗星承诺归还所有马铃薯，哀求道："别让我在地上生活。"

但是，他并没有把她放走。他用毛衣裹住她那闪光的裸体，把她关在家里。

过了一段时间，他们有了个儿子，但在出生时就夭折了。

某个黄昏，一不留神的功夫，那道闪光逃往了高处。多亏秃鹰，男人也飞了起来，紧随其后。

长途跋涉期间，男人和秃鹰逐渐变老，当旅程结束的时候，他们已经几百岁了。可是，他们一到达终点，便跳入时间之湖里，游来游去，浮出水面时又变回年轻的模样。

然后，他开始穿梭于银河那闪着光的迷雾中。就在四处漫游时，他认出了他的星星。然后，他哀求她，希望能陪在她身边。

他们生活在天空的某个隐秘之处。

每个黄昏，她离开，与她的姐妹们去点亮世界的黑夜。每个清晨，她回来，带回地上的食物，那是她偷偷溜进太阳和月亮的粮仓里拿到的。

故事如此发展，却终有完结的一天。

某个早晨，星星没有回来，而且，再也没有回来。男人在天空的冷雾里瞎逛，大声呼喊她，饥饿和孤独紧紧伴随。

秃鹰把他带回地上，然后他在地上悲伤地死去。

他什么都没说。他的嘴巴都不张开吃饭，更别说蹦出什么词。也许他已经被星星撞坏了脑袋；也许他预感到，地上的人们会把他的故事当作彻头彻尾的谎话，或者觉得这是一条濒死可怜虫的痴心妄想，竟认为自己是坐在夜国宝座上的上帝。

而关于她，占星学家没有达成共识。有人说，她不再爱他；有人说，她对他并非真爱，而是出于怜悯，或者好奇。

有些人坚持认为，她之所以抛弃男人，是因为不想看他死去。据这些专家的看法，星星们无法理解为什么我们只能活很短的时间，也无法理解我们为什么疯狂地想要上天堂：关于人类的死亡，星星们一无所知，但是她们明白，在云的那一边，人们无法在养育的孩子那儿获得重生，无法在种植的马铃薯那儿获得重生，也无法在抛弃的爱情里获得重生。

另外有人认为，这是场迫不得已的告别。太阳和月亮已经警告过她，如果她要跟那位闯入者一同生活，就得去找个新的星系。于是，故事无法继续：每次夫妻争吵时，男人会老一百岁，而她则会完全暗下来；之后，当他们原谅彼此，承认

憎恶对方是多么愚蠢时，他会重获消损的一百岁，她也能重添自己的光辉。但是，天国的安定容不下这些突然的改变。可能因为这个原因，天上的主人决定放弃他们钟爱的马铃薯，通往地上的路被永远抹去。

星星开始后悔自己服从命令，接受了孤独的刑罚。一位终生拍摄流星的学者证实了这个说法。他非常肯定，还说手握证据：流星都是相同的，因为所有流星其实都是同一颗流星。那唯一一束四处流浪、湿透了的光芒，就是那颗星星，她经历过人类拥抱的危险和欢愉，曾受到惊吓而逃跑，被追赶又被找到。从那以后，她原本沉默的身体开始为了男人而歌唱。她很清楚，她生来要么跟他在一起，要么就跟死了一样。如今，她疯狂地在夜空飞翔，寻找通往世间的那条消失的路。

窗口：一个女人（一）

那个女人就是一座秘密的房子。

在房子的角落里，存着声响，藏着幽灵。

冬夜里，雾气茫茫。

据说，走进房子的人，再也不会出来。

我穿过围绕房子的深沟。那座房子将收容我，房子里的葡萄酒正等着把我一饮而尽。轻轻地，我敲了敲门，然后等待。

窗口：一个女人（二）

另一把钥匙不会在临街的门上转动。

另一个滑稽、走调的声音没有在洗澡时唱起。

浴室里没有别的湿脚印。

厨房里没有飘出任何热腾腾的香味。

咬了一半的苹果上有别人的牙印，在桌上开始腐烂。

抽了一半的烟，像是灰烬拼成的蛆虫身体，沾满烟灰缸的边缘。

我觉得我该剃掉胡须。我觉得我该穿上衣服。我觉得我该做这些事。

脏水在我的体内倾盆而下。

窗口：一个女人（三）

没人能抹杀那段时间，任何人都不能，甚至我们自己。我想说：只要你还在的时候，无论你在哪个地方，或者我还在的时候，都无法抹去。

根据编年史，那段时间，那短暂的片段，如今已不再；但是今晚，我裸露的身体明明为你汗流不止。

窗口：音乐（一）

“会演奏手风琴的人，能让手风琴说话，”堂·亚历杭·杜兰[1]说，“对于会演奏的人来说，人和琴就是一体的。”

堂·亚历杭曾是牧牛人和行吟诗人，是捕牛专家和指弹大师，同时，也是哥伦比亚海岸一名唱说历史故事的歌手。他所做之事从来因为爱好，而非完成任务。当他不爱时，手风琴就默不作声。

他不创作悲伤的音乐，他的音乐直白、欢快，吸引了同样直白和欢快的女人从远方过来，无需打电话。

1 堂·亚历杭·杜兰（1919—1989），哥伦比亚手风琴手、作曲家和歌手，被称为“黑色亚历杭”。

窗口：音乐（二）

帕帕·蒙特罗[1]是一名舞者兼民谣歌手，是哈瓦那之夜的欢乐源泉。整个城市跟随他出门跳起伦巴舞，就在他跳伦巴的路上，他消失了。

当帕帕·蒙特罗遇刺身亡，哈瓦那之夜变得无声。但在人们为他守灵时，突然有伦巴声响起。声音来自很远的地方，几乎没人听见。

天亮时分，当朋友们要抬走他的灵柩时，发现里面没有人。

1 古巴著名舞者，20 世纪 30 年代在哈瓦那狂欢庆典中被刺身亡。

故事：月球人

年老的骨头，光泽黯淡的双眼。眼前浮现的是一个被黄色笼罩的世界。我也在那个世界，那个很远的地方，在时间长河中的黄色岁月里。

我曾是他的女人，一个经常在大地上奔走的男子。他和我总是背个小包，上路找活干。我们围铁丝网，在牲畜身上做标记。来什么活，就干什么活，任它磨平双脚，劳损筋骨。那时，没人留在镇上，最多就两三个。教堂的钟安安静静的，死于干涸。直到一次，大旱降临……

你肯定觉得无聊，奶奶嘛，总是重复同一个故事。过来，我们把豆子浸在水里。睡不着吗？我可从不睡觉，我这一生都在不停地学习，但依然一无所知。过来吧，厨房是最好的地方。关于这点，奶奶很清楚。对于没有困意的夜晚和没有灵魂的白昼，厨房是最好的去处。炉灶从不熄火，永不。

我跟你说过月球人的事吗？就是来到这里的那些人。我没看见过他们，从来没有。那些滑天梯而来的月球人不是能看的，也不是能触碰的。我对天发誓，这是确凿无疑的事实。然而，光听别人说，你是不会相信的。我知道，在这座城市里有流言散布。人们到处撒谎，说人类已经踏上月球。对于不识字的女人，人们就这样滥用她们的信仰。从这里登上那里，你想想看，谁能做到。当然，那些月球人，从那里来到这里，从上往下走，这是没问题的。

月球人是你爷爷的朋友，自然对我们彬彬有礼。他们与你爷爷，就像别人说的那样，如同指甲和手指那般亲密无间。在这座城市里，月球人不认识任何人。其实，我们也一样，我们也几乎是从月球来的。

沙漠，你没见过，那里寸草不生，荒无人烟。大旱降临的时候，我们用最后几滴水给母鸡洗澡，据说，这样能求来甘霖。人们不停地祷告和守夜，但什么都没有发生。我们走了，把所有衣服挂在肩上，再也不回来。这趟旅程横跨死亡之地，是我们离乡背井踏上的朝圣之路。我们走得很远很远，前所未有的远。我们穿越又脏又浅的萨尔加多河[1]，越走越远，

1　萨尔加多河（Río Salgado），巴西东部河流。

边走边寻找绿地，白天面朝太阳前进，晚上则跟着星辰的地图走。最终，某个夜晚，我们看见有个东西在发光：火车道。我们来到火车站，已经疲累得要死，了无生气。我们花光所有硬币和皱巴巴的纸币，用所有变卖家当的收入和随身携带的物件换得两张车票，能去多远就去多远。火车轰隆轰隆轰隆作响，砰砰，砰砰砰砰，从白昼到黑夜，从黑夜到白昼。我们静坐，而世界在移动。那是另一个世界，树木还有那漂亮干净的房子都在疾驰而过。

火车突然停下，旅行结束了，有人命令我们下车。外面在下雨，我们步入雨中。两个人都驻足在雨里。嘴巴张着，双臂大开，迎接这场大雨，那全都是上帝的眼泪。

然后，我们进入城里，面对此番平生从未见过的景象，如同瞎子在枪林弹雨中迷失了方向。庞大的人群匆匆忙忙，扎堆的汽车像发疯的家畜那样嘶叫。机器追逐着人们，也吞噬着人们。做什么都是不允许的，没有哪个角落有人撒尿，或者有人睡觉。

识字的人都能看懂“禁”字，而不识字的人只能从拳头大棒中学到这些，这是穷人的课程。

好，孩子，我知道了。月球人，是吗。我说话喜欢漫不经心，但即使岔开去，我也不会迷失。

我跟你讲，月球人来的时候，没人知道。那时，你爷爷正在面包店里干着很重的体力活，不跟任何人说话。他被柴火和面包压弯了腰，像驴那样独自嘶叫。不就是条没有尾巴的驴吗？驴一样的吃苦人。灰白的皮肤，多毛的长耳朵。突然，他一只耳朵停住了，音乐飘进来。那是月球人的音乐，正为他响起。相信我，就像我跟你说的，那音乐让他不再是一头蠢驴。你爷爷获救了，变回了人类。过去，面包店的店主会把剩菜给我们吃，如今，他不给了。人类可不愿意吃剩菜。

之后，他继续听月球人的音乐。月球人治好了他的腿疾。硕大的眼镜蛇曾钻进他的腿里，咬下很深的伤口。那时，他正在离这很远的甘蔗地里收割，挥舞着大刀。这事发生在很久以前，却始终困扰着他。开始的时候，伤口慢慢愈合，没什么问题。可是有一天，砰，眼镜蛇醒来，弄破了伤口，伤口发出难闻的气味，逐渐腐烂。多亏月球人的音乐钻进他的腿里，把眼镜蛇赶走。有了健全的腿脚，你爷爷跳起舞来。

纵情舞蹈，放肆吃喝，这生活太棒了。月球人什么都想看看。我们来这儿吧，我们去那儿吧。他们为城市着迷，一心寻觅欢愉。上流人出入的场所，白色的皮肤，金色的头发，银色的衣服，可以的话你想象一下。像你这样长相平平、身无分文的人绝对不会进去，绝对不会。可是，月球人可以，风儿把门打开，你爷爷就跟在后面，我则挽着他的胳膊，一同走了进去。我就像王后那样迈着步子。“竭诚为您服务，夫人。”要付酬劳吗？完全不用。只要月球人出场，只要他们的音乐一奏响，就没有人会收钱，也没人会付钱。来点音乐，让盛会继续吧。月球人不睡觉，是睁着眼睛的夜猫子，就像你和我，也是如此。

某个晚上，再也没有月球人，欢闹告终，他们走了。去哪儿了？谁知道呢，没人知道这个秘密。要我说，他们可能还在那儿的天空底下游荡着。

那么，他们究竟是什么样的呢？像火星人那样，头上有天线？你没听我说吗？月球人是没法被看到的。

时间就这么过去了。我要工作，还要带孩子，太多把人压垮的活，让我数不清过去的这些年，也不知道该怎么跟你讲。

我只知道，有个夜晚，你爷爷已经睡着了，我听到他那儿有声响。像这样，非常突然。音乐从他身体里跑了出来，从他皮肤的毛孔里跑了出来，飘到空中，黑暗里到处都是音乐。然后，我摇醒他。可究竟发生什么了？没人搞得明白。

之前没人知道，音乐居然留在您祖父的身体里。月球人把音乐留给了他，而音乐很任性，想出来的时候就跑出来了。然后，他的身体就开始唱歌，仿佛被点亮了一样，歌声在空中回

响。没有具体的日子，没有具体的时刻，它说来就来，说走就走。那是一段充满音乐的时光，夜里歌声响个不停。家里聚满无数人，这片城镇的所有人，还有从远处赶来的人。天亮的时候，音乐依然持续作响，而且，透过那耳朵听到的声音，你还能看到音乐，它是五颜六色的。听到这等音乐的人如同获得新生。连空气也充满感激，鸟儿也停止了啼叫。

音乐响的时候，鸟儿全都沉默。它们知道，这动听的音乐比鸟啼声更悦耳。它们成群结队地来，竖起耳朵欣赏。

音乐待够想待的时间，就该说再见了。它再也没回来。等待了许久，等来的是一场空。再也不会出现了。结束了，烟消云散了。没了音乐，这世界多么可怜。

沉默本身是很美的东西，我喜欢。但是那般沉默……你

爷爷的头发变白，原本乌黑的长发成了奶白色。你看这张照片，你看，爷爷在睡觉。他先是喝好多酒，然后不停呼唤音乐，最后就睡过去了。他摔破所有东西，打架，扔了一地的瓶子，然后继续打鼾。

就这样，你爷爷死了。他醉醺醺地呼唤着音乐，因音乐而死。

你去睡吧，去吧。

你还是来吧，来，别动，待在这儿。把灯挪近些，别给我睡着了，我就这么个小小的请求。

奶奶需要写封信。有人可以帮我送信了，就是旁边的那位邻居，你认识的。他现在病得很重，死期将至。他非常热情，主动提出帮我把信带到天上。开始，我向他道了个谢，但没让他帮这个忙。因为我觉得，你爷爷又不是圣人，会在天堂吗？可现在我想，上帝也许知道你爷爷的地址，能帮忙把信送过去。

我不会写信，你是读书人，我想让你帮我写，我就在下面潦草地签个字。您可要抓紧时间，快给你祖父写，送信人很快就会离开我们。

你告诉他：

> 不要悲伤，
> 你去世了也没关系，
> 我们依然紧紧缠绕在一起。

你告诉他，今夜有音乐响起。

窗口：话语（八）

外乡人已经到达，可犹太族长没有什么可以招待他们。于是，族长去菜园，与菜园交谈。他与植物交谈，说出的词语与这些植物一样，都来源于这块灌溉地。植物听到这些话后，瞬间成熟，开花结果，族长从而得以宴请他的宾客。

这个故事是从拉加娃拉[1]口中讲述的。拉加娃拉还说到，族长的儿子想要再来一次，可菜园对他说的话充耳不闻，没有植物相信他，没有植物生长。

族长的儿子没能办到，那么，族长本人呢？他能重复自己的成就吗？拉加娃拉没有说。如果橙子、西红柿、茉莉再也不回应，那族长该怎么办？

在不被需要的时刻和不被喜爱的场合，词语知道要不发声吗？那嘴巴呢，知道怎样闭上吗？

---

1 拉加娃拉（La Cábala），西班牙语里意为“神秘传说，秘密活动”。

故事：咖啡馆的一天

普鲁登西奥[1]在柜台后翻看新闻。他抬起手，伸向那排酒瓶，拔掉其中一瓶的软木塞，眼神却没从报纸上离开过。

“这里什么都没发生。”他嘟哝着。他放下报纸，给我上了杯红酒，开始折餐巾。

我找了张桌子坐下。从这里，从咖啡馆里面，我看见大门在来回摇晃。今天并不是个非常忙碌的日子，但总有些人想要寻个阴凉处，润润喉咙，然后再回到炎炎夏日里。在服务顾客的间隙，普鲁登西奥研磨咖啡，拿掸子拂过陈列的足球英雄和探戈明星的照片，或者停下来轻柔地抚摸自己那张腹部的 X 光片。在所有照片的正中间，那张镀金相框里的 X 光片格外醒目：普鲁登西奥的肚皮里有颗闪亮的子弹，就像是雾气弥漫的风景里有个明亮的太阳。

普鲁登西奥来给我满酒的时候，他再次讲述起那次枪击的故事。根据今天的第一个版本，他的双胞胎兄弟是那个地

1 普鲁登西奥（Prudencio），阴性词尾变化后，在西班牙语里意为“谨慎，节制”。

方最凶残的土匪，有位仇家把他俩混淆了。那时，他正在狭谷过道上骑马，吹着口哨，毫无防备。突然，岩石间传出枪响，马两腿错开，肚皮着地。普鲁登西奥试图爬到石墙的高处，但滑了下来。第一个子弹击飞了他的帽子，之后，枪林弹雨……

巴特巴伯[1]救了我。普鲁登西奥的悲剧正讲到高潮部分，巴特巴伯恰好走进咖啡馆，戴着圆帽，穿着小丑服，一只手转着彩色的拐杖，另一只抓着皮绳。皮绳牵的不是小狗，而是一头狮子。

在峡谷间满身鲜血地奔走的普鲁登西奥，不得已中断他的苦痛。他睁大猫头鹰般的眼睛，动了动白鹈鹕般的嘴巴，声明道：“动物禁止入内。”

他也不允许把狮子放在门口，因为会吓到顾客。

这头野兽被拴在一棵树上，而巴特巴伯坐到靠窗的桌子旁。普鲁登西奥端上喝的，他边用小勺敲击酒瓶，想把啤酒唤醒，边称颂被驯服的动物：笼里的鸟，套上缰绳的马，烤架

1　巴特巴伯（Batepapo），西班牙语里意为“闲谈，闲聊”。

上的牛肉，煎锅里的鸡肉，铺满大厅的狮子皮。

巴特巴伯没看他一眼。

巴特巴伯是极富名望的表演家，能做人肉炮弹，能在没有保护网的高空荡秋千，能扮小丑，把脑袋连带圆帽取下，向人群打招呼。但是，帐篷里的表演艺术已没有受众，世界大马戏团已经垮台。分财产的时候，巴特巴伯摊到一头狮子。今天上午，他想把狮子送给市动物园，可兽医检查完后，拒绝了他：这头狮子有疝气。

我一边听巴特巴伯讲述不幸的遭遇，一边欣赏窗外这头躺在树荫下的野兽那平和的庄严感。狮子的脖子上挂了个招牌——出售。

狮子看着我，打了个呵欠，露出一整副牙齿，这让我想到跳蚤潘帕莉娜[1]，这位住在火柴盒里的杂技演员，小杂技团的表演家。我的朋友杜度是一名昆虫驯养人，是他把它带来咖啡馆的。他每天让它叮三次：早餐、午餐和晚餐。

巴特巴伯从未听人说过这只跳蚤。但出于礼貌，他用拐杖挠了挠背，而视线从未在出售的狮子身上离开过。可以看出，对他来说，别人说什么他都不感兴趣。

1　潘帕莉娜（Bambalina），西班牙语里意为“幕布”。

那个杜度大概多久没来咖啡馆了？没人知道发生了什么。

靠近另一扇窗户的桌子旁，就是那张朝向车站的桌子，伯格[1]夫人一小口一小口地喝着加了奶和很多糖的咖啡，同时，就在普鲁登西奥曾生活的镇上，太阳底下正在发生一场决斗。

因为中间那些桌子的喧闹声，我听不清，但我听过那段故事。普鲁登西奥正在参与一场决斗，为了妻子受损的名誉。敌人首先开枪，子弹擦过他的身体。然后，普鲁登西奥放低武器，朝地上开枪，高尚地说："我原谅你。"可结果是，卑鄙的敌人枪里还藏着一颗子弹。

"这就是。"普鲁登西奥边说，边用两根手指夹起挂在钥匙圈上的子弹。普鲁登西奥掀起衬衣，露出子弹穿过肚皮留下的伤疤。伯格夫人张大了嘴，相信了这个说法。

随后，普鲁登西奥被别的顾客叫去，端着托盘离开了，伯格夫人继续干自己的事。她自己的事就是朝马路对面看。她靠桌坐了几个小时，一直戴着眼镜，监视着车站大门那弯曲的铁栅栏。几年前，这个车站就被废弃了，没有火车到站，没有火车出发，但是可怜的伯格夫人还在等着。

"嗯？您还好吗？"

1　伯格（Poca），西班牙语里意为"少"。

“我在这等着。”

“在等什么，伯格夫人？”

她耸耸肩。

她双手交叠，等着。也许在等离家的孩子，天知道他们在哪个遥远的世界；也许她仅仅等着把自己在地球上的时间耗尽。

头发稀少的老人堂·特朗西多[1]已经到了，拖着步子，一桌桌地收赌注。

巴特巴伯喊了几个号码，这里，那里，一些我不认识的人也在下注。在我坐的地方，能听到伯格夫人的争论声和她咕哝的气话。轮到我的时候，堂·特朗西多就来抱怨，他跟她说了：伯格夫人，您梦到的东西是不会说谎的，这是真的，是

1 特朗西多（Tránsito），西班牙语里意为“过路，中转”。

被证实过的；所以，您没押中这事儿，就不能怪他，也不能怪梦。伯格夫人押的是66，她说她看得很清楚，可结果是88。堂·特朗西多解释说：她想得很好，但视力太差，可能因为她睡觉做梦的时候不戴眼镜吧。

我也下注。押77，因为我梦见女人的双腿；押22，因为我梦见发疯的女人；再押20，因为我梦见节日聚会。夜夜追捕我的梦境，我押的数字。总有一天，它们会把我救出贫穷的苦海，我是说，我这么狂热地做梦和等待，总该对我有点好处吧。

咖啡馆里进来个胖子，身着制服，腰上佩枪。堂·特朗西多脸色煞白，但那只代表法律的胳膊指向的是巴特巴伯："外面有只狮子拴在不该拴的地方。"

巴特巴伯站起身。他看着墙上的钟，证明说："您来得刚刚好，警察大人。"

他祈求说："拜托，帮我把那只小动物挪开。"

他俩一起出门。

吼叫声震动了咖啡馆。

我从窗口探出身：狮子正在舔着嘴巴。

巴特巴伯独自回来，脸上的表情仿佛在说这都是命，然后，他坐回座位上。然而，警察人数实在太多，可能根本没人注意有一位不见了。

就这样，时间过去了，期间发生的都是小事，没什么好说的。咖啡馆渐渐空了。唯一的亮光来自一盏病怏怏的灯，不情愿地驱赶着入侵的暗影，而室外，太阳正在远去，月亮正在到来。那些声音变得模糊不清，我已经不知道他们说的是什么、说的内容是否有意思。而普鲁登西奥的声音如歌剧般，压倒全场。留下的顾客屈指可数，他对着其中一个，说起他参加奥运会的故事。当他快要成为千米世界冠军的时候，子弹从高处某个隐蔽的角落射出。在几乎要到达终点的时候，他倒在血泊中。

普鲁登西奥起身收钱。巴特巴伯等买家也等累了，付完钱，用皮绳拽着狮子，在夜色降临时离开。同样，可怜的伯格夫人也疲于等她的孩子或者别的什么人。走的时候，她说：“疼。”

但是，她没说哪里疼。

没人再来。只有一个又瘦又脏的小男孩，堵在咖啡馆门口，乞讨晚饭，他的肚子响得像电话占线时的声音，却没有一碗鸡汤来止住。

我是最后一个客人，我还留在那里。我知道这是无意义的仪式，但我还是继续留着。很明显，今天，那个撇下我，让我失去生机、没了欲望的女人不会来了，那些不用麻醉就能一下治了我这病的江湖郎中或外科医生也不会来了。

我站起来，头有点晕。我坐下，又站了起来。我掏空口袋，算出我还付得起一瓶葡萄酒和一盒烟。

普鲁登西奥用胳膊肘撑在柜台上，计算一天的账单。他把铅笔夹在耳朵上，总结道："一分没赚到。"

普鲁登西奥挑起眉毛，威胁地盯了我一眼。很明显，他准备向我抛些他的丰功伟绩，在今夜结束的时候，把西伯利亚的雪或者撒哈拉的沙染红。但我没理他，闷声不语。

我喝酒，抽烟，感激咖啡馆没人时的寂静之声。

窗边，夜晚降临。

空荡的桌子间，会魔法的阴影在舞动。

窗口：记忆（三）

一个人的名字，在呼唤那个人。然后，没有提前约定，也没有什么原因，那个人就会来到他名字正在呼唤他的地方，不论他的名字是说出来的，还是仅仅被想到。

如果这样的话，人们就有理由相信，只要呼喊着、闪耀着把他召唤来的那个词没有死，这个人就不会彻底离开。

故事：游猎者

男人坐在咖啡店里，一个人。他身边有一把空椅子；桌上放着两杯红酒。一杯他用来喝，另一杯则用来碰杯。

随后，卷帘门落下，男人拿着瓶子离开。他漫无目的地消失在车流里，没人知道他嘴里在念叨些什么。

最后，他撞上一堵墙，倒在地上，拿酒瓶当枕头，打起鼾来。

猫睡在还滚烫的汽车发动机上，梦到成群的鳕鱼或者安哥拉母猫。

有个人叫嘎多[1]，睡在门槛上。他梦见有人朝自己牢牢守护的球门大力一射，足球沿着绝佳的弧度飞过来，人们已在大声叫喊“Gooooooo”[2]，而他的手指奇迹般地让那个白色抛射物偏离了轨迹，消失在云层里。嘎多在旧报纸堆成的床垫上翻滚，这位不可战胜的球门守护神继续在空中飞行，朝着荣耀前行，朝着世界杯进发。可是，时间的站台耽误了他的行程，他抵达的时候，已经晚了几个世纪。在体育场门口，一位身着制服、头戴假发的雕像拦住了他。

1 嘎多（Gato），西班牙语里意为“猫”。

2 Gooooooo，南美足球比赛中，足球解说员在进球时发出的叫喊。——编注

他在晨光中醒来。

嘎多把猫吓跑，用布保护手肘，打破车窗，可他并没有在座位底下找到收音机。

于是他靠近躺倒在墙边的醉汉，弯下身子，探查醉汉的口袋。空空荡荡。

过了几个街区，他设下一个陷阱：他把一根电缆绑在树下，直挺挺地跨过小路，连在一根柱子上，离地面有一个手掌那么高。

他埋伏在一边等待。伯格夫人戴着眼镜，手里也没拿钱包，跌了个四脚朝天，眼镜在小路上摔得粉碎。

没有价值的受害者。嘎多耸了耸肩便走开了。他气冲冲地踢向一个可口可乐的瓶盖。一天的开端不好，后面会更糟。

他来回游荡了好几个小时，看看哪个开小差的人会落入他的圈套。入夜时，一群身着制服的人包围了他，差点把他擒住。他爬上一堵堵攀登不了的墙，从一道阴影溜到另一道阴影，才脱了身。

然后，他蜷缩在一个藏身之处。

他的陀螺嘶嘶作响，发着光，也消解着苦痛。嘎多的双眼紧紧盯在那阵微微的眩晕上，有那么一瞬间，竟忘了饿得直叫的肚子和战栗的骨头。

他一点一点啃着一块受潮的饼干，像在啃橡皮。一条狗

嗅了嗅，靠了过来，嘎多把它赶走。其实，过去有段时间，嘎多养了一条狗，但之后就再也没养过。他的那位小伙伴为他挡了一颗子弹，从那以后，对于跟他一样、为了取暖讨食而靠近的杂种狗，他完全没有兴趣。

独处并不痛苦，嘎多已经习惯，而感觉孤独则是另一回事。嘎多渴望有人陪伴，于是叫来圣乔治。圣乔治好争好斗，脾气火爆，贪恋女色，爱惹事端。这位倔强的圣徒，连上帝也奈何不了他。他像白云一样，住在天上，想过来的时候就过来。他像雨水那样落到地面，雨水追赶他，打湿他的长矛。

显然，今夜他是不会来了。

但是，第二天晚上，夜已经很深的时候，远处传来发动机的轰鸣声，吵醒了嘎多，声音来自风儿绕过的街角。他还看到一小团红烟穿过天空。恶龙正在赶来，圣乔治出现了。他头戴战斗用的盔甲和羽饰，手持长矛，骑着一辆雅马哈摩托车。嘎多立刻跳起来，兴高采烈地上前抱紧这位圣斗士的铁胸甲。

长着翅膀的摩托车载着他去游猎。圣乔治用长矛开路，他们穿过城市，穿过夜晚，逆着风，向命运的方向行进。

当他们降落在一个不知名的广场时，天刚破晓。

嘎多留下来，圣徒离开。

这个广场是由一个个门道围成的一个巨大圆环，它挺立在城市闪烁的灯火上方，城市匍匐于它的脚下。嘎多漫无目的地绕着柱子围成的圆圈闲逛。几年前或者几个世纪前，这个荒无人烟的高点上，所有的灯都灭了，所有的大门都关上。但是，还没逛几步，嘎多就发现有人。

他从背后看到这个人：坐在长凳上的人影。

嘎多悄悄靠近，手里攥着铁棍。但是，还没等嘎多给他一击，这个人影就滑倒在地上。

死神能吓住嘎多，但死人吓不倒他。死神可不会待在死人中间，他会撕咬、吞食死人，然后离开。

嘎多凑近看，碰了碰他：一位胡须修剪得很整齐的绅士，身体冰冷地躺在血泊中，一把刀插在胸口，露出刀柄。死者的眼睛睁得像鸡蛋那么大，像在问为什么。

在这之前，嘎多见过的死人里，没有谁会在离开世界的时候带上什么东西，他们不会带根棍子防身，不会带块手帕安慰自己，也不会带枚硬币去赎罪，但这具尸体却是个圣诞礼物，他不仅戴了钻戒和金表，口袋里还有一个胀鼓鼓的鳄鱼皮钱包。

这么多钱，该怎么办？

去打破静夜，为全城付酒钱。

去买个海滩。

去租个体育场，找个周日，让全世界最好的球员在空空的场地上为他比赛；而他，则独自坐在官方看台的中央，抽着雪茄。

去最贵的饭馆，镜面地板，水晶天花板，让服务员奉上菜单里所有的品种。

阳光照射的阳台上，镇长汗如泉涌。下面回响着一大群孩子的喧闹声，他们衣衫褴褛，纷纷把手伸向空中：化装成圣诞老人的镇长，正往下抛玩具。

玩具如雨水般落向混乱的人群。穷人家的孩子也有快乐的权利。这些幸运儿四处拍打，互相追扑，互相碰撞，互相谩骂，互相踩踏。一个真人大小的洋娃娃撞翻了好几个洋娃娃，一颗宇宙导弹与另一颗撞了个正着，糖果如乱石般落在地上。

嘎多从远处看着，他手握一个陀螺和一个秘密。

红绿灯处，机灵的孩子避着车辆，兜售走私香烟，也会卖些小氧气管，都是女士皮夹和先生口袋里不可或缺的东西。

嘎多向几个熟人打了声招呼就走了，大概说：“您好吗？”“还可以。”

嘎多知道：要是他露出点破绽，他会死。

但是他无法抗拒诱惑，商店的玻璃展柜魔力太大，还是把他打败了。嘎多进去买了一台巨大的电视机，就像影院屏幕那么大。

广播、电视和报纸都在报道：“经过紧急调查，警方已抓捕那名在沉默广场大门处杀死企业家的凶手。据悉，他还未成年，但罪行无数，住处不明，也不……”

姓名，没有。年龄，也没有，谁知道他是哪天混进这片畜生窝的。他说他是2月29日出生的，因为他不喜欢过生日。

嘎多面朝照相机的黑色镜头，胸前挂有一个编号。镁光灯闪了一下，光圈的噼啪声响起。

窗口：城市（一）

广场的门廊下，一位苦行者已经吞下几把勺子，现在正狼吞虎咽一根花园浇水用的橡胶管。与此同时，他的妻子们吹长笛、摇手鼓，一些路人投下几块硬币。

有人躺在角落，手指在空中动弹着。手指舞动的时候，像是在吹奏小号。这个无形的小号奏出悲伤的音乐。

一位衣衫褴褛的老妇人大声叫卖着可以让人摆脱贫穷的神奇药水：最佳圣诞礼物，一百块，一百块一小瓶，凡购买者均可自我拯救，凡犹豫者皆会错失良机。可是，没人听她的话。一千块，一千块，一位预言家宣布，他预告救世主即将出场，人群大喊："耶——稣！"

预言家身旁的狮子吼叫起来，每次有人拉它的尾巴，它都会怒吼。一千块，一千块，预言家标价一千块，把女士先生们慢慢招揽过来，说是被选中的人将会看到耶稣，还会听到他说话。一千块，人们慢慢走来。

"掌声再热烈些！现在他正在降落！马上就要来了！"

"耶——稣！耶——稣！"广场上一片欢呼，狮子的咆哮声夹杂着人们的喊声和掌声。人们伸长脖子望向天，拍打着手掌。

因为摩托车尾气的遮挡，上天并不能看见这群看着天上的人。

故事：耶稣的第二次来访

他下来了，挂在一把打开的雨伞下。一阵突如其来的风让他在人群上空飘浮了好一会儿。上帝的儿子双手抓紧雨伞，大风吹起他的长衫，把他赤裸的人类身躯展露无遗，但他腾不出手来对付。

因为风的罪过，他落在了洗礼池里。目睹这样的神迹，虔诚的信徒们一片沉寂，看着他从大理石做的小天使间浮出水面。

耶稣像落水狗那样发抖。

巴特巴伯身着预言家的衣服，鼓起掌。他抓着狮子的尾巴一拽，狮子就吼叫了起来。但是，在场的人们依旧静默，动也不动，一言不发。

广场是幻像的圣殿，在这里，穷人想要有钱，

有钱人想要变少数人，

黑人想要变白，
白人想要永生，
孩子想要长大，
大人想要变小，
单身的想要结婚，
已婚的想要守寡。

“被居住的居民们！”耶稣慷慨陈词，“昨天我将要说我现在说的话！诸位，我们都疯了！”

所有人都惊诧地睁着双斗鸡眼，看着这位还在滴水的废物挥动着长胳膊，或者说，挥动着一对风车翼，溅出水花，问些稀奇古怪的东西：

“仰望天空，诸位看到了天堂，还是感觉脖子痛？天国在哪里，倘若不是在寻找它的流放者身上？”

巴特巴伯鼓起掌来，但并非出于本心，也没人应和，他又让狮子吼叫了一声。上帝的儿子朝着这头张嘴的猛兽走去，指着它，对所有人讲话，仿佛他们只是一个人：“如果这头猛兽攻击你，你会怎么做？是祈祷？是屈服，遵从上帝的安排？还是爬上一棵树？我父亲可不喜欢诸位把他作为自己怯懦或者愚蠢的托辞。”

狮子看着他，打量他。人群

中出现充满敌意的声音。

“他不是耶稣，”一位女士不友好地看着这位挺着啤酒肚、满身破烂的耶稣，低声说，“我在电视上看到过耶稣，他可跟伯特·兰卡斯特[1]长得一样。”

“流放的是诸位自己，天国也一样，在诸位心中！”这位上帝的派遣者坚持自己的说法，但是人群的声音变响，已经开始听到几声喊叫：“以血为证！您要是真上帝就证明给我们看！鲜血会从您这边流出来！”

耶稣无动于衷，继续说：“我们看不到的那只眼睛，才能洞察万物。”

“我可什么都没见到。”伯格夫人嘀咕着，她本来正朝咖啡馆的专属　望塔走去，途中混入了这场喧闹之中。

商贩们挤在人群中，用手肘撞出一条道，叫卖起自己的商品来：“花生，花生——卖花生咯，热乎乎的油条，冰——淇——淋。”除了肿起的包，这位大腹便便的救世主的秃头上没有更多装饰物，他也不给人们送上圣十字架的碎屑或者王冠上的刺[2]，什么都没有。此时，人们的不信任感演变成对他的满腔怒火，一声哀号炸开了：“以血为证！以血为证！”

“有本事您吞下一只活的蟑螂！”

1　伯特·兰卡斯特（1913—1994），好莱坞著名影星，被美国电影学会选为百年来最伟大的男演员第 19 名。

2　耶稣受难时，被钉在木十字架上，头上戴有满是刺的王冠。

“骗子！”

“退我们钱！”

然而，这时人群中激起了一番争论，瞬间转移了人们怒气的发泄方向：有些人坚持说意大利人已经杀了真正的耶稣，有些人确定地说是犹太人干的；有些人发誓说耶稣是在圣周六[1]复活的，有些人则认为这是在星期日上午十点整发生的。

耶稣利用这短暂的休战，从人们的怒火里逃了出来。

他挺立在岩石上，面朝大海，大海的泡沫打湿了他。一只海鸥睡在他的肩头上。我从他的身后接近他，他没有动，海鸥也没有。

然后，他在一块岩石上坐下，把头沉到双膝间。我觉得他在抱怨：“他们觉得欠我很多，所以都很讨厌我。”

我在他旁边坐了下来。他抬起头，迎着风。

“是我没有吸取教训啊，”他没有看着我，“父亲明明是禁止我回来的。”

他抓了抓凌乱的胡须：“他不喜欢他们，因为他们不是百分百的好人；可魔鬼也不喜欢他们，因为他们也不是百分百的

1　耶稣受难日的隔天，复活节的前一天，基督教圣周的最后一天。

坏人。”

耶稣像极了我一个消失了的朋友，那位驯服跳蚤的人，我差点叫他：“杜度。”

居然这么巧，我觉得，我的国家就像一块手帕这么大，还是块对折过的手帕。可他看着我的时候，他的瞳孔里却反射出一片不属于这个世界的风景，那是一片广阔无垠的地方，亮光闪闪，连太阳都未曾企及。

“我马上就满三十三岁了。”他说。

原本睡着的海鸥飞了起来，消失在天空中。

“我去世后他们就知道听我的话了，”他说，“地上的人们，就是这样。”

他拾起一　沙子，一点一点地让它流失。

我们回到广场上。那儿还有一些人，都在忙碌地来去，没人对我们有任何关注。

“他们当时肯定希望，我不用雨伞就跳下来，”耶稣对着喷泉叹气，“好看我飞溅在地，就像是来自上帝的一滩卤汁。”

拍照的时候，他笑得很悲伤。我们在一棵椰枣树下一同休息。摄影师钻进箱式照相机的罩子下，拽了拽快门上的小绳。随后，他在暗处做了些神秘的事，取出底片，把它晾干，再次把头埋进罩子里。

当照片在水桶里浮起，最终落到我手上的时候，我发现我是一个人。照片里，没有人在我身边。只有那棵椰枣树，没有别人。

窗口：惩罚

圣诞节，一位瑞士先生已给他的瑞士儿子送了块瑞士手表。

孩子在床上把手表拆了，然后玩弄它的指针、弹簧、玻璃片、齿轮和其他零件。父亲发现后，狠狠地揍了他一顿。

过去，尼科尔·罗安和她的弟弟是敌人。但从这个圣诞开始——也是她记得的第一个圣诞——他俩永远都是好朋友。那天，尼科尔得知，今后她也可能会受到惩罚，因为比起现在几点，她更想问问手表们，你们里头究竟长什么模样。

故事：咖啡馆的又一天

巴特巴伯走进来，没有拄拐杖。

他用烟斗抽烟，还喝法国的白兰地。他不再穿小丑或者预言家的衣服。从不久前开始，他身上穿的是一件闪闪发亮、完美无瑕的白外套，脚上是一双质量上乘的鞋子，还系了一条配有金色别针的领带。

狮子在离这儿很远的地方忙活着。巴特巴伯不卖狮子了，现在他只出租。当时，一位粗鲁之人来租用他的野兽，去惩戒不忠的女友，于是他产生了出租狮子的想法。从那时起，他就着手处理不和睦的夫妻关系，解决大家族的内部问题。

至于那个耶稣，或者那个杜度，或者那个谁，我不知道他怎么样了，当然，我也不敢问。我想，他该是在上帝某个憩所。实际上，当时要是能听他一两条小建议也挺好的，对我完全没坏处，但时间不允许。

这就是我沉默的代价。要是词语能让人变胖的话，就我吞下的词语量来看，恐怕世界都容不下我。来什么活，我就干什么，从不张嘴，就这样沉默地，在这家咖啡馆度过剩下的时间，白天没有趣事，晚上没有聚会，我就这样活着，像是在水中愤怒地跺脚，却留不下一丝痕迹。

今天，普鲁登西奥告诉我，他曾经走私钻石。当他穿越热带雨林的时候，在河里发现了世界上最美丽的女子，全身赤裸。因为看到了她，他受到了惩罚。这位绝色佳人的父亲是一个侏儒，有三条腿，长着爬行动物的身体和带刺的尾巴，他朝普鲁登西奥的肚子开了一枪。

我觉得，我开始相信他了。

雨水密密麻麻地打在咖啡馆的窗户上。

今天下午，空气中飘有一丝丝什么。是烟，但不只是人们吸食的卷烟，它染黄了昏暗的咖啡馆，令伯格夫人古老的羊皮纸发黄。

我坐在她的邻桌，与她靠在同一扇窗上，近距离地看着她。平时她不会这么打扮——她从老衣箱底下翻出来一件黑色丝绸衣服穿在身上，花边都已经磨破了，她全身裹在香气里，来自她衣服扣眼里的那一小束紫罗兰花。伯格夫人戴了一副新眼镜，端详着，看雨水拍打那座废弃车站的门口。

一位女士走过来，但不是从车站：她不像走进咖啡馆，更像是突然出现，从一阵烟雾或一场雨中飘散而来。

她在伯格夫人的桌旁坐下，俯身，紧握住伯格夫人的手。她头发灰白，非常细碎，跟她的身体一样脆弱。我听见她低声说话，或者是我以为听见了。

“我到了。”

伯格夫人有些困惑，取出她的手，问道：“您也退休了吗？”

新来的女士缓缓地点了点头，含糊地说：“很多年了，我总算到了。”

“人们待我们这些退休的老太太都很不好。”伯格夫人嘟哝着。

那位女士的声音极其微弱。“现在你不再孤单了。”她说。

接着，伯格夫人说：“您有孩子吗？我有个女儿，我也只剩她了。她住得很远。”

女士指着车站，偷偷地说：“她现在在路上，今天或者明天就到。”

她转过头，目光跟我碰个正着，然后她垂下了眼睛。

窗口：城市（二）

我独自待在国外的一座城市里，谁都不认识，也听不懂这里的语言。但是，人群中突然有个人闪耀起来，如同页面上某个遗落的词语突然发光，或者细细绒绒的大地上某一小片草地突然发亮。

故事：另一个

您准备好早餐，像每天那样。

像每天那样，您把儿子送到学校。

像每天那样。

然后，您看到他。您在街角看到他，他出现在人行道上水坑的倒影里；您差点被一辆卡车撞倒。

然后，您起身去上班，路上又看到了他，在一家不起眼的酒馆的窗上，在地铁口吞吐的人群里。

天黑的时候，您的丈夫来接您。你俩在回家的路上缄默不语，呼吸着空气里的毒素，这时，您在街上匆忙的人群中又看到他：那个身体，那张不问不叫的沉默脸庞。

从那时起，您睁眼的时候，不管看什么东西，总能看到他；您闭眼的时候，不管想什么事情，也总能看到他；您用眼睛就能触碰到他。

这个男人从别的地方和别的时空中来。您为人母、为人妻，却是唯一看到他也是唯一能看到他的人。如今，您已经不会对任何人和任何东西心存渴望，但是每次他出现和消失的时候，您总会感到一阵不可抑制的欲望去笑、去哭，那几乎是您这么多年来咽下的所有欢笑和泪水。那是危险的欢笑、被禁止的泪水，是那些隐藏在您内心深处不知哪个角落的秘密。

每当夜晚到来，您的丈夫睡去，您背过身去，梦见自己醒来。

窗口：颈

事物是事物拥有者的拥有者，我在镜子里找不到我的脸。我说的不是我讲的话。我是那个不是我的我。我坐上一辆火车，通往一个不是我在去的地方，它在一个被我驱逐的国家。

窗口：脸

一台愚笨的机器？

一封忘了寄件人、弄错目的地的信？

某位神误射出的一颗流弹？

我们都是从一颗卵子里来的，卵子要比大头针的针头小多了；我们都居住在一块岩石上，它围绕一颗矮小的星球旋转，终有一天会与这颗星球碰撞，灰飞烟灭。

然而，我们是由光做成的，还有碳、氧、粪便、尸体和别的东西。归根结底，我们之所以出现在这里，是因为宇宙的美丽需要有人观赏。

故事：游弋在河里和夜空的女孩

她总是离开，但会回来。许多次人们说她淹死了，但她又都回来了。

家人总想教育她。“记得呼吸，嘉鲁亚[1]，”他们告诉她，“你该听听师傅的，她知道怎么做。”

他们还说：“呼吸真是好处多多。”

比起空气，她更爱水，谁也没法改掉她这个癖好。日暮时分，她总会沉入奥利马尔河[2]，任由自己在水流深处或停或

1 嘉鲁亚（Garúa），西班牙语里意为“连绵细雨”。

2 乌拉圭河流名，河道全长 140 公里，流域面积 5320 平方公里。

游。月亮在水一样的夜里开辟了道路，河里光洁的石头则成了这片地上天空中的点点星辰：嘉鲁亚看着它们经过，看着鱼儿经过，看着水藻挥动手臂向她打招呼。在这片明亮的黑暗里，没有人会发现她，她也不用听从任何人。

湿透了的嘉鲁亚才是嘉鲁亚；干燥的，不是。干燥的时候，她想睡觉，那是她唯一想做的事。她把自己裹在被褥里，梦到自己骑着剑鱼，然后，剑鱼变成鲨鱼，鲨鱼变成鲸鱼，鲸鱼成了一座小岛，小岛从世界分离了出去。嘉鲁亚乘着小岛，在天空的波浪里航行。

事情真的发生了，但没有以这样的方式。人们在火堆边上得知了实情。

在寒冷的夜晚，人们身着彭丘，蜷缩着身体，围在篝火旁边。他们轮流喝马黛茶和甘蔗酒，抽着烟，说着道出真相的谎言。就这样，他们抵抗寒冷，报复生活的愚蠢，把白天收集起来的时间在夜晚挥霍掉。

嘉鲁亚是火堆边上的话题。有些人对于这位从不扎辫子、从不要洋娃娃的女汉子表示厌恶，另一些人对这位小美人鱼有着浓厚的兴趣，也有人对这位如同亚马孙的水中女战士表示钦佩。

人们在篝火旁说，嘉鲁亚捕鸭子的时候抓的是鸭爪子。她从湖水底把它们擒住。她沉在水里，不探头，用一根长线把它们的爪子绑在一起。当捕获的数量比较可观后，她就从湖水深处用力一拉，带它们游向岸边。随后，就可以拔它们的毛，等着下锅了。

据篝火旁的人说，某天，一只刚绑好的鸭子受到惊吓，飞了起来，然后整队的鸭子也都跟着飞了起来，后面抓着长线的嘉鲁亚也飞了起来。

篝火旁的人还说，她的母亲眼睁睁看着女儿在眼前经过，挂在那个巨大的“鸭子彗星”的尾巴上，看着她升上天空，消失在高处。

嘉鲁亚与宾特维鸟[1]相遇的时候，因为这类鸟会啼叫自己的名字，所以，尽管逃跑的鸭子闹个不停，但她还是认出了宾特维鸟。她继续往上升，飞行在学校地图里画的那些河流上空；从上空，她看到了鹫雕的背，再上去些，她看到了大地

1 宾特维鸟，西班牙语为 Benteveo，其叫声如同在说“bien te veo”（我清楚看见你），故得名。——编注

有红色的肌肉、绿色的皮肤和蓝色的血管。

嘉鲁亚挂在鸭子长队后面，越走越远。一切听起来都越发遥远，一切都变得越来越小，直到世间的声音全部消失，整个世界被团团云朵笼罩。她用尽力气抓紧长线，进入一片死寂的白色之中，只听到鸭子们扑扇翅膀的声响，云朵在平静无声地游动着。

鸭子的队伍排成箭形，穿破这团棉花海洋，这时候，天空开了个口子。嘉鲁亚穿过五颜六色，渐次上升，从天蓝色到紫色。然后，她进入夜空，向夜空上方的月亮飞去。

向月亮行进的路上，嘉鲁亚与一颗流浪的星星相遇，星星正奔走着，寻找一条不见了的通往地面的道路。

她看到一名沙漠战士拿着猎枪做拐杖往上爬，

看到炸开的闪电，轰鸣着回应玉米地的干渴，

看到坐在宝座上的圣狗，身边围着一群长着翅膀的小狗

随从，

看到划破夜空的彩虹，

看到女人挥动着美洲鹫的翅膀飞行，

看到天国的钥匙掉落，

看到大天使沿着一根绳子降落人间，

看到圣乔治骑着摩托车下来，矛座上挂着长矛，

看到耶稣挂在一把打开的雨伞上。

她没有看到无形的月亮人正坐在雪橇上前往这世界，但她看到了月亮。是月亮，向世界传递了音乐和狂热。是月亮，改变了海豚的模样，而当孩子们在河流深处行走时，它还照亮了他们的前路。

窗口：乌托邦

“她在地平线上，”费尔南多·比尔[1]说，“我靠近两步，她就远离两步；我走十步，地平线也往外跑十步；我走得再多，也无法赶上她。那乌托邦有何意义？她的意义就在于：让你行走。”

1 阿根廷电影艺术家、导演和演员，被誉为拉丁美洲新电影之父。

窗口：记忆（四）

海底传扬着鲸鱼的歌声，它们用歌声相互叫唤。

空中回荡着路人的口哨声，他在寻觅一处有瓦遮头的地方和一个女人，好让自己过个良夜。

老太太在游历整个世界，穿梭于岁月之中。

老太太边旅行边问："还要多久？"

她任由自己从家里的房顶出发，在大地上航行。她乘着小船，抵达童年，抵达出生的时候，抵达更早的时光："离目的地还要多久？"

拉奎尔老太太已经失明，但在旅行的时候，她看到了逝去的时间，看到了遗失的田野：那儿，母鸡会下鸵鸟蛋，西红柿长着南瓜的模样，所有三叶草都有四片叶子。

老太太牢牢地坐在座椅上，梳过头发，干净整洁，穿戴极为讲究。她就这样进行这场逆向的旅行，还邀请我们所有人参与。

"都别怕，"她说，"我一点儿都不怕。"

这艘小小的船在大地上和时光里漂行。

"还要很久吗？"老太太边走边问。

窗口：记忆（五）

星球消亡，而星光远扬。多亏飞行的光芒，我们依然看到它鲜活的模样。

吉他不会忘了曾经的伙伴，即使没有手指来弹，它依然作响。

没有嘴的跟随，声音也能续航。